Walter Rathenau
Kritik an der Novemberrevolution um 1918.
Persönliche Einblicke aus politischer und
gesellschaftlicher Sicht

SEVERUS Verlag

Rathenau, Walter: Kritik an der Novemberrevolution um 1918.
Persönliche Einblicke aus politischer und gesellschaftlicher Sicht.
2018
Neuauflage der Ausgabe von 1919
ISBN: 978-3-95801-760-3

Lektorat: Chris Kaiser
Satz: Chris Kaiser

Umschlaggestaltung: Annelie Lamers, SEVERUS Verlag

Bibliografische Information der Deutschen Nationalbibliothek: Die Deutsche Nationalbibliothek verzeichnet diese Publikation in der Deutschen Nationalbibliografie; detaillierte bibliografische Daten sind im Internet über https://dnb.de abrufbar.

Der SEVERUS Verlag ist ein Imprint der Bedey & Thoms Media GmbH, Hermannstal 119k, 22119 Hamburg
_____

SEVERUS Verlag, 2018
http://www.severus-verlag.de
Gedruckt in Deutschland
Der SEVERUS Verlag übernimmt keine juristische Verantwortung oder irgendeine Haftung für evtl. fehlerhafte Angaben und deren Folgen.

Walter Rathenau

Kritik an der Novemberrevolution um 1918
Persönliche Einblicke aus politischer und gesellschaftlicher Sicht

Inhalt

1. Revolution aus Versehen 3
2. Führer und Führung 11
3. Die Revolution der Ranküne 21
4. Die Revolution des Güterausgleichs 33
5. Die Revolution der Verantwortung 47
Apologie 71
Erinnerungen 111
   1908 111
   1911 112
   1912 113
   1913 117
   1916 120
   1917 121
   Juli 1918 122
   7. Oktober 1918 124
   1919 126

1. Revolution aus Versehen

Es ist kein Zweifel mehr: Was wir deutsche Revolution nennen, ist eine Enttäuschung.

Misstrauen gebührt jedem Zufallsgeschenk und jedem Verzweiflungsprodukt.

Nicht wurde eine Kette gesprengt durch das Schwellen eines Geistes und Willens, sondern ein Schloss ist durchgerostet. Die Kette fiel ab, und die Befreiten standen verblüfft, hilflos, verlegen, und mussten sich wider Willen rühren. Am schnellsten rührten sich, die ihren Vorteil erkannten.

Den Generalstreik einer besiegten Armee nennen wir deutsche Revolution. Die Arbeitsaufnahme einer neuen Versuchsarmee nennen wir deutsche Gegenrevolution.

Die Arbeiterschaft ließ sich in den Sattel setzen und reitet den alten Streiktrab. Das Volk blieb abseits und wählte ein bürgerliches Parlament. Die verbürgerlichte Sozialdemokratie ließ sich im Bürger-hause bewirten und die Führung aufnötigen, Führung ohne Macht. Die Extremisten laufen neben dem Gaul und peitschen ihn mit der Knute des Bolschewismus.

Kein Wunder, denn nichts war vorbereitet.

Noch vor fünf Jahren wusste die deutsche Sozialdemokratie nicht, ob sie auch nur die parlamentarische Regierungsform ernstlich wünschen sollte. Sie stimmte dem Kriege zu, weil sie fühlte, dass ihre Massen es verlangten. Sie billigte den Unterseekrieg. Noch im letzten Kriegsjahr ließ die Frage des preußischen Wahlrechts die Massen vollkommen gleichgültig. Die beiden russischen Revolutionen von

1917 und der Friede von Brest wurden unbewegt hingenommen. Bis in die Novembertage von 1918 gab es keine Revolutionsstimmung, nur Müdigkeit im Lande und Verdrossenheit an der Front. Die Umlerner von 1914 waren die Umlerner von 1918, und sie werden die Umlerner von 1920 sein.

Die Revolution war kein Produkt des Willens, sondern ein Ergebnis des Widerwillens.

Es gab keine revolutionäre Theorie und Schulung. Zwei Menschenalter vor der Großen Revolution hatten die französischen Aufklärer und Enzyklopädisten Abbau und Aufbau vorgearbeitet. Zwei Menschenalter hatte die russische Intelligenz sich geistig und praktisch geschult. Deutschland schlummerte auf den manufakturistischen Erfahrungen der vierziger Jahre, verwandelte die Marxsche Lehre in ein eschatologisches und chiliastisches Glaubenssymbol und sah im Sozialismus eine gewerkschaftliche Lohnbewegung, verbunden mit schüchterner parlamentarischer Spielverderberei.

Es gab nicht einmal eine revolutionäre Sehnsucht. Das Land bewunderte offen den glänzenden Militarismus und leistete sich mit halbem Gewissen eine harmlose Gesindestubenkritik. Die innere Ungerechtigkeit der Gesellschaftsordnung wurde nicht gespürt; wer sie bekannte, empfing ungläubige, misstrauische Blicke: wie konnte man rhetorische Schulphrasen mit politischer Wirklichkeit verwechseln? Der Parteiapparat, ein kleiner Staat für sich, auf ein Jahrhundert friedlicher Arbeit eingestellt, vernichtete sich selbst, wenn er sein revolutionäres Ziel ernst nahm.

Die Leitung von den erregten Einzelzellen des Volksgehirns zum allgemeinen Bewusstsein ist lang, sie braucht Jahrzehnte. Wären wir ein formenschaffendes Volk, was wir nicht sind, so fehlte uns noch ein Menschenalter derjenigen Arbeit, die den neugeschaffenen Gedanken von der einsamen Stätte seiner Geburt durch die Hand vermittelnder Geister in das Bewusstsein der Menge leitet. Nicht der rasende Sturz reiner und eisiger Gebirgsbäche bewässert das Land, sondern das erwärmte und gemischte Wasser der Ströme milden Gefälles. Der Geist braucht Weg, Zeit, Breite und Trübung, um Ereignis zu schaffen.

Doch selbst an den Quellen fehlt es. Seit Luther hat deutsches Geblüt revolutionäre Gedanken nicht mehr gewagt; Auflehnung gegen die Obrigkeit hat es nie gewagt. Seit hundert Jahren war unser Denken philologisch und physikalisch, die staatlich zum Denken Beauftragten schliefen den Schlaf des Historismus.

Denken kommt aus Gesinnung. Wer wagt zu behaupten, dass in Deutschland eine Gesinnung sozialer Gerechtigkeit, veredelter Weltordnung, geheiligten Lebens, ein Gewissen der Welt bestanden habe oder bestehe? Unzufriedenheit hat bestanden und besteht, doch Unzufriedenheit ist keine Gesinnung und keine Idee. Nicht einmal bis zur revolutionären Stimmung ist es gekommen, die in ihrer Hitze Ideen hätte zeugen können. Man kehrte die Unzufriedenheit um und machte Wünsche daraus, und diese Wünsche waren, was sie sein mussten, materiell.

Es lässt sich nun einmal nicht leugnen, und kein Gerede angelernter und umgelernter Revolutionäre täuscht darüber hinweg: Am 1. August 1914 hat das deutsche Volk, das ganze deutsche Volk mit verschwindenden Ausnahmen den Inhalt seiner Stimmung und Gesinnung erfüllt gesehen. Das soll nicht verdacht, das darf nicht verdunkelt werden. Seitdem sind Enttäuschungen gekommen; Enttäuschungen ändern Gegenstände und Urteile, doch nicht Gesinnungen. Interessen haben sich verändert und verschärft, Charaktere sind geblieben, was sie waren. Die gleichen Gesinnungen, die damals Imperialismus, Obrigkeit, Nationalismus und Militärdiktatur guthießen, billigen heute Revolution und Proletariatsdiktatur. Die treibenden Kräfte bleiben Autorität und Interesse.

Freilich ist etwas objektiv Bedeutendes geschehen: die Erkenntnis ist gewachsen. Angebetete Mächte haben sich als hohle Götzen erwiesen, Not hat die trägen Massen aktiviert, die starren Einrichtungen sind flüssig geworden, das Indiskutable ist diskutabel, das Problemlose ist Problem geworden; man hat das unschätzbar Wertvolle gelernt, dass es auch anders geht, dass es auf tausend verschiedene Weisen geht.

Das ist der hohe Wert dieser Revolution, dass sie weggeräumt, dass sie Erkenntnis und Beweglichkeit geschaffen hat, doch Erkenntnis und Beweglichkeit ist nicht Idee und nicht Gesinnung.

Wir blicken nach Russland, dem Lande jahrzehntelanger revolutionärer Arbeit und Vorarbeit. Hier herrscht freilich ein Revolutionsgedanke, er lautet: Unterdrückung der Unterdrücker. Das ist ein Gedanke, und es wäre ungerecht zu sagen, dass es nur ein Rachegedanke ist, ein universeller Pogrom. Denn es steht dahinter die – für die Masse ungeeignete – Vorstellung und Absicht, den Marxschen Kommunismus zu verwirklichen. In dem vollkommen landwirtschaftlichen Reiche geschieht freilich nichts dergleichen: Man hat den Großgrundbesitz aufgeteilt, doch die Gemeinung des Bodens steht auf dem Papier. Man betreibt, bisher ohne Erfolg, Staatssozialismus auf der Grundlage einer diktatorischen Oligarchie, mit Hilfe einer Prätorianergarde; die örtlichen Körperschaften haben längst ihre praktische Bedeutung verloren, die zentralen Körperschaften werden von Kommissariaten aufgewogen, und dennoch zehrt das Land nur von den Resten des Bestehenden und von den Versprechungen gestempelter Papiere.

Russlands Methoden können wir nicht brauchen, denn sie beweisen lediglich und bestenfalls, dass die Wirtschaft eines Agrarlandes sich bis auf den Boden einebnen lässt; Russlands Gedanken sind nicht unsere Gedanken. Sie sind, wie es im Wesen der russischen städtischen Intelligenz liegt, unphilosophisch und höchst dialektisch; sie sind leidenschaftliche Logik auf Grund ungeprüfter Voraussetzungen. Sie setzen voraus, dass ein einziges Gut, die Vernichtung der kapitalistischen Klasse, alle anderen Güter aufwiegt, dass notfalls Armut, Hungersnot, Diktatur, Schreckensherrschaft, Untergang der Zivilisation in Kauf genommen werden müssen, um dieses Gut zu sichern. Wenn zehn Millionen sterben müssen, um zehn Millionen von der Bourgeoisie zu befreien, so betrachtet man das als harte, aber notwendige Konsequenz. Der russische Gedanke ist Zwangsbeglückung, im gleichen Sinne und mit gleicher Logik wie die gewaltsame Einführung des Christentums und die Inquisition. Auch diese Logik war richtig, wenn die Voraussetzung stimmte; was verschlägt es, den Leib zu verbrennen, wenn die Seele gerettet wird.

Diese Denkweise ist nicht deutsch. Wir begehrten, selbst die Tendenzen des Prussianismus, des Militarismus, des Absolutismus durch Ideen zu adeln, wir glauben nicht an Beglückung durch die Mechanik der Einrichtungen. Auch wenn wir uns nicht verhehlen, dass ein Teil unserer revolutionären Kräfte nichts weiter bedeutet als Imperialismus von unten, Ranküne der Zurückgewiesenen, Streberei in Hemdsärmeln: was deutsch ist an der Bewegung, das ist voll tiefer Sehnsucht, Sehnsucht nach neuer Wahrheit und neuer Gerechtigkeit, Sehnsucht nach der Idee. Diese Sehnsucht ist neu, sie ist im Kriege erwacht, sie ist das Gut, das der Krieg uns beschert hat.

Die echte Revolution wird im Geiste entschieden. Kein bloßer Kampf um Mein und Dein, um Lohn und Macht entscheidet sich im Geiste. Interessen werden durch Interessen gebändigt. Aus sich selbst siegt die Idee.

Unser Land ist krank. Kränker als der fiebernde Planet, der noch immer von Hass und Gewalt zittert: denn bei uns ist Hass und Gewalt nach innen geschlagen. Formfremd waren wir auch in gesunden Zeiten; kann unser hungernder Leib, unser geschlagener Geist das Werk der Schöpfung auf sich nehmen?

Die äußere Revolution ist der inneren vorausgeeilt. Deshalb trägt sie schon heute alle entwürdigenden Zeichen des Interessenkampfes. Interessierte Romantik herrscht auf der Rechten, interessierter Radikalismus auf der Linken, und in der Mitte wird um Besitz und Einkommen gehandelt. Ein spießiges Parlament bürgerlichen Mittelmaßes, verkrampft und erstarrt, in unversöhnlichen Gegensätzlichkeiten entkernt und entgeistet jede seiner Aufgaben und rüstet die Gegenrevolution. Die verbürgte Gefahrlosigkeit radikaler Tiraden ermutigt umgelernte Tribunen, das Pathos ihrer früheren Kriegsberichte auf die Schlagworte Sozialisierung und Rätesystem abzustellen.

Aufrechter und aufrichtiger Idealismus findet sich bei den Extremisten. Doch sie haben kein anderes Vorbild und keinen anderen Gedanken als Russland, sie sind Geschöpfe und Gefesselte der Massen, denen sie täglich mit unerfüllbaren materiellen Hoffnungen schmeicheln. Enthüllten sie ihr Herz, so wären sie verlassen.

Das zerfleischte, blutleere Land aber verkommt von Tag zu Tag. Wille und Arbeitskraft sind gebrochen. Widerliche Leidenschaften wachsen, Spekulation, Genusssucht, Spiel, Bestechung, Müßiggang und Geschwätz gedeihen. Arbeitsmittel und Werte, Häuser, Felder, Vieh verderben, die Jugend erwächst roh und unwissend. Dämmernde Gleichgültigkeit und Verzagtheit sinkt herab. Zuversicht, Vertrauen und Respekt sind gewesen. Der Geist erstickt im endlosen Gerede.

Noch ein Jahr dieser Erbärmlichkeit, ein entschlossener Führer der Gegenrevolution und das entmannte Land gehorcht ihm.

Gelingt es nicht, die Revolution aus den Fesseln der Interessen, des Wahns und der Schlagwörter zu reißen, so erleben wir eine aufgeklärte Demokratie der Verlogenheit, des bösen Gewissens und der Unterdrückung, die alles übertrifft, was der alte Westen an verhülltem und beschönigtem Klassen- und Eliquenwesen geschaffen hat. Wir erleben es mit und ohne Gegenrevolution.

Nur die zweite Revolution kann uns retten, doch nicht die Revolution der Kosaken, sondern die Revolution der Gesinnung.

2. Führer und Führung

Man schaut aus nach Führern. Was geschähe, wenn Bismarck wiederkäme?

Es kommen keine Führer. Es ist nötig, eingehend und eindringlich vom Problem der Führerschaft zu reden und zu zeigen, warum in dieser Zeit, in dieser deutschen Zeit keine Führer kommen und keine kommen können. Auch wenn mehr denn je von Führern und Führerschaft die Rede ist.

Wenn Bismarck käme? Man würde ihn fragen: Was sind Ihre Vorschläge? und lächeln. „Sie werden zugeben, das alles ist nicht neu. Wir haben längst im Klub, im Kaffeehaus, im Parlament das alles besprochen. Wir werden Ihnen beweisen, dass es nicht geht: erstens, zweitens, drittens. Sie scheinen mangelhaft informiert zu sein. Offenbar wissen Sie nicht, dass: erstens, zweitens, drittens. Übrigens hat man solche Dinge längst versucht. Sie mussten scheitern und sind gescheitert, weil erstens, zweitens, drittens. Außerdem verletzen Sie die wichtigsten Interessen: erstens, zweitens, drittens. Sie schätzen die Kräfte falsch ein. Ihre Ziele sind (je nachdem: mechanisch, uferlos, nicht radikal genug, zu radikal, rückständig, theoretisch richtig, aber praktisch falsch usw. usw.). Ihre Mittel sind (desgleichen). Überhaupt sind Sie nicht unser Mann, denn: erstens, zweitens, drittens. Nun sehen Sie wohl, dass Sie nicht mit den ersten besten zu tun haben. Wir sind denn doch klüger, als Sie anzunehmen scheinen. Was haben Sie übrigens bisher geleistet? Nun, das ist recht wenig. Wir sind

Spezialisten. Wir haben ein Schuhgeschäft. Wir sind in der Etappe gewesen. Wir sind Mitglied des Rauchervereins Securitas. Wir sind Stadtverordnete. Nein, Herr von Bismarck, die Sache ist nicht so leicht, wie Sie denken."

Was hätte Bismarck zu seiner Zeit geantwortet? Nichts Parlamentarisches. Was hätte er gedacht? „Ich habe meinen König hinter mir, und Ihr könnt mich hochachten." Und wenn er keinen König hinter sich hat? So lässt er sich mit unreifer Überhebung in keine Unterhaltung ein und geht seiner Wege.

Die Zeit ist in dreifachem Irrtum.

Erstens kann sie das Echte vom Unechten nicht unterscheiden, weil sie nicht fühlt, sondern räsoniert. Sie erwartet den erlösenden Gedanken. Kommt er, so findet sie ihn nicht einleuchtend. Leuchtet er ein, so findet sie ihn nicht neu. Das kann er nicht sein, denn in einer dialektischen Epoche besteht jede Gedankenfolge aus bekannten Gliedern. Wahl und Verbindung entscheidet; auch der Architekt fügt bekannte Stoffe und Glieder, dennoch ist der organische Bau zugleich gut, neu und wahr.

Zweitens will sie nichts opfern. Blitzschnell erkennt die dialektische Schulung, welches Interesse verletzt wird; und jeder Gedanke verletzt Interessen. Damit ist er erledigt. Denn man will zwar das Beste, doch es soll zunächst einmal für das Eigeninteresse das Beste sein.

Drittens fehlt es an Menschenkenntnis, Respekt und Vertrauen. Man will den bedeutenden Menschen und will ihn nicht. Man will, dass er so spricht, schreibt und handelt, wie man selbst spricht, schreibt und handelt, um sich zu beweisen, dass man seines Gleichen ist. Ist man das, so braucht man ihn eigentlich nicht. Man weiß übrigens, wie jeder Gedanke und jeder Mensch widerlegt werden kann, man misstraut jedem, wie man sich selbst misstraut. Das alte Autoritätsgefühl, das nicht an Menschen, sondern an Ständen hing, ist umgeschlagen, und nun achtet man gar nichts mehr. Und wie ist es anderswo? Sehr ähnlich, und doch nicht gleich. In den Ländern, die weniger an Ständen und mehr an Menschen hingen, ging der Sinn für Bedeutung nie ganz verloren. Eminente Menschen werden nicht immer geliebt, doch meist erkannt, und dann geachtet. Man schämt sich nicht, Ansichten zu teilen, wenn man sie für richtig hält. Man versucht nicht, in jedem Augenblick das Eramen der Originalität und der Klugheit zu bestehen, indem man mit advokatorischen Mitteln jeden richtigen Gedankens zerpulvert. Man hält eine Meinung nicht deshalb für widerlegt, weil mehrere sie haben. Man hat den erniedrigenden Autoritätsglauben an Titel und Kleider nicht ausgestanden, deshalb respektiert man sich selbst, fühlt sich respektiert, und respektiert den anderen.

Doch gibt es nicht auch bei uns Führer? Ja, es gibt viererlei: solche, die sich bei Interessentengruppen beliebt machen, solche, die sich bei Vereinen beliebt machen, solche, die sich bei Volksversammlung-en beliebt machen und solche, die sich bei Vorgängern beliebt machen. Bei Interessenten macht man sich beliebt, indem man das Interesse über alles stellt, bei Vereinen, indem man ausspricht, was alle denken, bei Volksversammlungen, indem man den Vorredner überbietet, und bei Machthabern, indem man erbschleicht.

Doch wir müssen tiefer gehen. Wie war vor Alters geistige Führung möglich? Indem ein Begnadeter ein begabtes, doch des Denkens ungewohntes Volk denkfähig machte. Indem er merkte, was in allen schlief, indem er Geist und Zunge des Volkes wurde. Der erste und letzte Deutsche, der dies wahrhaft tat, war Luther. Spät, in weitem Abstand, kamen Lassalle und Bebel. Alle anderen stützten sich auf Fürstenmacht und Heer.

Noch heute schlummert manches im Volke, doch nichts Unausgesprochenes: denn das allgemeine, unablässige Denken und Reden berührt alle Saiten, und inmitten aller falschen Töne klingt unerkannt und unerkennbar der echte. Schlagt ihn so laut an, dass er der Nachwelt ins Ohr dringt: der Mitwelt verklingt er im Lärmen.

Denn dies unterscheidet uns von allen früheren Zeiten: das unerhörte Maß des mittleren Denkens. Ein Jahrhundert abstrakt mechanisierter Arbeit hat uns zum Hirngeschlecht gemacht, zur dialektischen Massenmaschine. Jeder ist Politisierer, Diplomatisierer, Theoretisierer, Journalist, vor allem Anwalt. Das mittlere Denken, das Denken in bekannten, leicht erlernbaren Formen, mit modemäßig wechselnden, leicht erlernbaren Begriffen, rast im Gehirn des Volkes und erstickt alles tiefe Denken. Der Reisende im Eisenbahnabteil verzehrt sein Butterbrot und widerlegt im Kauen alle Weisheit von Hammurabi bis Hegel. Die jüngere Generation vollends, Söhne des Strebergeschlechts von 1880, in Verachtung der Väter erwachsen, angeekelt von der Mechanisierung, empört vom Kriege, ehrlich, unerbittlich, angetan mit feindseliger Menschenliebe, zermalmt mit gesunden, kritischen Zähnen nach dem Bilde des Kronos alles, was sie erzeugt. Dies Gebaren ist recht, und revolutionsgemäß, doch die Atomisierung des Denkens schreitet fort. Gibt es ein Land, dessen Denken so zersplittert und vor Originalität so unoriginal ist wie das unsere? Vom wehleidigen Nationalismus bis zum farbenblinden Pazifismus, vom liebewerbenden Internationalismus zum handfesten Bolschewismus kam jeder Anstoß von außen, keiner ist deutsch, keiner dringt in die Tiefe. Der Krieg konnte keinen Gedanken zeugen, denn er beruhte auf Lüge, die Revolution hängt an fremder Führung und zehrt vom westlichen Völkerbund und vom östlichen Sowjet.

Einen Schritt weiter. Es scheint, dass die menschliche Einzelführung in der geistigen Ökonomie der Welt an Bedeutung verliert. Die Genialität ist eine urzeitliche Kraft. Die Größten der Menschheitsgeschichte sind unbekannt; es sind die vorweltlichen Gewaltigen, die in unbegreiflichen Akten aus dumpfem Dämmern den Geist emporrissen und Wort, Zahl, Feuer, Rad, Denken und Glauben fassten; und heute noch trägt der schöpferische Mensch ein Urzeitliches in Geist und Zügen. Doch wie der überstarke Baum nur auf freiem Felde sich zur Fülle entwickelt, im dichten Gehölz nur höherer Stamm unter Stämmen wird, so ist im Dickicht des kollektiven Denkens das überragende Denken nur von ferne kennbar, in der Nähe nichts bezwingend.

Das Schöpferische wirkt nicht mehr unmittelbar, es fordert Abstand in Raum und Zeit, es bedarf der Vermittlung. Die Welt wird nicht mehr bewegt durch laute Stimme, Gestalt und Handlung, sondern durch das stillste Wort. Der Schalthebel der Zeit wird berührt von der Hand, die schreibt. Der Weg des Gedankens ist lang und verzweigt, kaum findet der Forscher Ausgang und Ursprung.

Deshalb ist die Hoffnung auf sichtbare Führerschaft gering, und wenn wir zur unsichtbaren, zur anonymen unsere Zuflucht nehmen, so sind wir abermals gewiesen auf die Betrachtung der Volkssubstanz, in deren Klüften und Spalten der Geist seinen Weg suchen soll.

Wir wissen so gut wie nichts von den Gesetzen, nach denen sich Einzelgeist zu Volksgeist und Einzelcharakter zu Volkscharakter addiert. Der geschäftige, nach Formeln arbeitende Wissenschaftsbetrieb hat nicht einmal die Frage gestellt, und als bei Kriegsbeginn die Erörterung nationaler Charaktere landläufig wurde, da zeigte ein Gefasel von Gelegenheitsreisenden und auslandfremden Publizisten, dass das Beobachtungsmaterial noch gerade bis zu dem Schmachgruß Gott strafe England hinreichte.

Bei der algebraischen Addition ist die Summe größer als die Summanden, bei der geistigen ist sie es nicht. Die Summe des Volksgeistes und Volkscharakters wird nicht bestimmt von der Masse der Teile, sondern von ihrer Richtung und ferner von einem Durchschnittsfaktor, den ich bildlich die Korngröße nennen möchte. England ist das beste Beispiel. Der geistig vertiefte Engländer ist selten, und es gibt vielleicht keine große Nation, die dem Titanischen fremder und widerstrebender abneigt. Doch die Verteilung des Geistes ist überaus gleichmäßig, die durchschnittliche Korngröße beträchtlich; der außerordentlichen Breite der materiellen Wohlstandsschicht entspricht die Breite der geistigen Wohlstandsschicht. Dazu kommt die magnetische Gleichrichtung der intellektuellen Einheiten, die durch Überlieferung, Gewohnheit und Nationalbewusstsein die splitternden Kräfte der Interessen überwindet, und die Folge ist, dass England als die stärkste geistige Nationalkraft Europas dasteht.

Paradoxer ist die Wirkung im Sittlichen. Der einzelne Engländer ist ein aufrichtiger Mensch, er verpönt die Lüge in Wort und Tat. Was unsere Schullehrer vom Kant gelesen haben und unablässig wiederholen, ist kein Gegenbeweis. In jeder verkehrsreichen Gesellschaft gibt es erprobte Spielregeln zur Minderung innerer Reibung. Es ist stillschweigend ausgemacht, von gewissen Dingen nicht zu sprechen, von anderen zu tun, als ob sie nicht da wären, und andere aus Höflichkeit vorzugeben. Das ist bei uns wie überall, und überall umso mehr, je erfahrener und sorgsamer eine Gesellschaft ihren Verkehr überwacht. Die Frage: Wie geht es Ihnen? verlangt keinen eingehenden Bericht; die Bitte: Empfehlen Sie mich Ihrer Gemahlin, beweist nicht immer aufrichtige Familienteilnahme, und der Wunsch: Auf Wiedersehen, ist nicht immer ernst. Bei gewissen leiblichen Verrichtungen hat es überhaupt mit der Aufrichtigkeit ein Ende, und peinliche Häuslichkeitsdinge erwähnt man nicht. Dies alles ist Kant; und wenn er Vorgänge der Öffentlichkeit einschließt, so wird er nicht besser und nicht schlechter; er bedeutet nicht eine Kategorie der Sittlichkeit, sondern des Verkehrs.

Die merkwürdige Gleichrichtung des englischen Geistes und die ihr entspringende restlose Wahrnehmung aller gemeinsamen Interessen aber bewirkt, dass die nationale Gesamtheit aufrichtiger Einzelwesen im Laufe der Jahrhunderte eine höchst verschlagene Denk- und Handelsweise betrieben hat, eine amoralische und daher im Sinne des ungezügelten Nationalismus nützliche Politik. Der Volkscharakter wird zur Umkehrung des Einzelcharakters.

Die Korngröße des deutschen Geistes ist ungleichförmig, und da die großen Brocken ebenso unwirksam bleiben wie der feine Staub, so beschränkt sich die Aktivität des Nationalgeistes auf ein bescheidenes Maß. Der Nutzeffekt verkleinert sich weiter durch völlige Richtungslosigkeit, die durchaus nicht lediglich, wie wir uns vortäuschen, von schöpferischer Originalität kommt, sondern vielfach von Bequemlichkeit mangelnder Solidarität, Überschätzung kleiner Interessen. Die Kräfte mit entgegengesetztem Vorzeichen heben sich auf, und es bleiben innere Spannungen statt wirkender Energien.

Es war das Geheimnis des Prussianismus, dass er den deutschen Kräften eine Zwangsrichtung im militärischen und wirtschaftlichen Sinne einpresste. Kaum ist der Zwang gesprengt, so stieben die Elemente so regellos wie in Jahrhunderten durcheinander, und ein jedes setzt seinen Stolz in eigensinnig naive Anarchie des Geistes.

Mithin: auch soweit es von unserer Substanz abhängt, sind wir führerlos und zur Führung schlecht geeignet. Einer unablässigen Selbsterziehung an Geist und Charakter wird es bedürfen, um uns nachträglich für die geschenkte Revolution intellektuell reif zu machen.

Ein Blick auf Weimar zeigt: An Menschen, Parteibildungen und inneren Spannungen hat sich nichts geändert, als dass einige Illusionen und abergläubische Vorstellungen zurückgedrängt sind, und mit ihnen einigende Momente. Neue Kräfte und Kräftegruppen sind nur an der äußersten Linken entstanden, die geistige Ebene hat sich noch tiefer gesenkt. Die radikalen Kräfte jedoch, die noch am ehesten Anspruch auf Führung und Gefolgschaft erheben könnten, beginnen einem schweren Fehler zu verfallen.

Da sie in ihrer Stellung der Ausgeschlossenheit und des Aufruhrs auf lebendige Mitwirkung der Massen, Volksversammlungen und Aufwiegelung angewiesen sind, da sie ferner die russischen Vorgänge mit heißem Glauben und autoritätsgefügiger Kritiklosigkeit verfolgen, so sind sie geneigt, sich nur noch als Deuter und Vollstrecker, nicht mehr als Lenker des Massenwillens zu fühlen. Hier liegt eine gefährliche Verwechselung. Das Volk ist ein Kollektivgeist, sein Fühlen und Wollen ist stark, sein Augenblicksdenken ist schwach. Ein Volk denkt in Aeonen; seine Augenblicksgedanken, die man öffentliche Meinung nennt, sind so flüchtig wie die unbewussten wechselnden Impulse des Menschen, die einem Entschlusse vorausgehen.

Gegen das innerliche Fühlen des Volkes und gegen sein unbewusstes Wollen – das ja seine wahre Notdurft ausspricht und sein Schicksal bestimmt – kann und darf keine Führerschaft sich behaupten; vor der öffentlichen Meinung, gleichviel ob sie sich in Volksversammlungen, in Blättern oder in Interessenkreisen auslässt, darf keine Führerschaft zurückweichen. Das Volk denkt in Tendenzen, nicht in politischen Entschlüssen, Einrichtungen und Mitteln. Führerschaft ist nur dann gültig, wenn sie der öffentlichen Meinung vorauseilt, somit widerspricht; wer dem

Volke Entschlüsse ablauschen will, gleicht dem Prinzenerzieher, der seine Frage auf die Antwort einstellt.

Die Russen haben die Formel gefunden: Bevor wir die Masse entscheiden lassen, klären wir sie auf. Die unbewussten Tendenzen des Volkes lassen sie gelten; doch das Recht lassen sie sich nicht nehmen, den Schritt von der Tendenz zum Entschluss durch eigene Einsicht zu lenken, und diese Lenkung durch Gewalt zu bekräftigen.

Wenn alles bei uns der Führung widerstrebt: Epoche, Charakter, Vielspältigkeit und Unerzogenheit, – ist es uns demnach unabwendbar verhängt, den langen Zackenweg von Irrtum und Zufall bis zum empirischen Gleichgewicht der Kräfte zu schreiten? Die behäbige Schullehre von der Unveränderlichkeit des Volkscharakters verlangt es.

Sie verlangt es, weil sie vom Januskopf der Massen nichts weiß. Das Volk von 1919 ist das gleiche wie das Volk von 1918, doch sein Gesicht und sein Wille hat sich geändert. Jeder Höker weiß, dass der gleiche Sack mit Erbsen anders aussieht, je nachdem die grünen oder die gelben zu oberst liegen. Revolution ist nicht bloß Umwälzung, sie ist zugleich Umschüttelung. Was umwälzt und umschüttelt, ist nicht das gewaltsame Ereignis, sondern die Erkenntnis, die ihm vorausgeht, und die Erkenntnis, die ihm folgt. Die Erkenntnis bereitet sich in den Tiefen des Volksgeistes, sie wird emporgetragen von den Denkenden. Erkenntnis ändert den Volkscharakter, indem sie ihn umschichtet.

Die Führung unserer Zeit ist nicht die offenkundige und persönliche in Straßen und Sälen, die ist zuckender Refler, sondern es ist die anonyme und einsame in den Stuben der Schreiber.

3. Die Revolution der Ranküne

Die ursprüngliche und vielleicht stärkste Triebkraft aller Revolution ist Ranküne. Ranküne nicht gegen Einrichtungen, sondern gegen Menschen.

Eine Schicht der Gesellschaft soll beseitigt werden. Diese Schicht besteht aus Geschlechtern, Familien, Menschen. Somit sollen Menschen beseitigt werden. Es genügt nicht mit dem Brustton der Theorie zu erwidern: Ha, ein Denkfehler! Die Schichtung ist ein Verhältnis! Hebt das Verhältnis der Herrschaft und der Abhängigkeit auf, und die Schicht ist verschwunden!

Gemach. Hebt das Verhältnis auf, und die Schicht ist nicht verschwunden. Denn die Schichtung war nicht bloß ein Verhältnis, sie war noch etwas anderes.

In den kommenden Dingen habe ich dargelegt: Das entscheidende Unrecht der Schichtung war ihre Erblichkeit. Die Oberschicht war durch Erblichkeit des Vermögens, des Standesbewusstseins, der inneren Beziehung, vor allem durch das erbliche Monopol der Bildung und der Fachkenntnis ein Volk für sich. Es ist ziemlich sicher, dass die obere Schicht der unteren nicht ganz stammesgleich ist, dass sie dem geschichtlichen Deutschtum näher steht. Hebt das Verhältnis auf, und die Schicht bleibt; sie bleibt als eine zurückgestellte Aristokratie, als eine Emigrantengesellschaft, als eine Bürgerschaft in sozialer Bannung, im Besitz ihrer Kenntnis und Beziehung, bewusst ihrer geistigen Kräfte, bereit wiederzukehren, sich selbst für unentbehrlich haltend.

Also hat der Masseninstinkt recht, wenn er sich der persönlichen Ranküne hingibt: Auge um Auge, Zahn um Zahn; Unterdrückung den Unterdrückern, Vernichtung den Ausbeutern, Tod der Bourgeoisie?

Hier beginnt das tiefere Problem.

Der Masseninstinkt hat recht, wenn er erkennt, dass mit der Aufhebung eines Wirtschaftsverhältnisses die soziale Schichtung nicht sogleich aufhört. Er hat recht, wenn er seine Gegnerschaft in Menschen sieht; in Menschen, die zum Teil ihr Schichtverhältnis über das Nationalverhältnis stellen; er hat recht, wenn er der mechanischen Demokratie misstraut, die immer wieder zur Herrschaft des bürgerlichen Bildungs-, Beziehungs- und Kapitalmonopols führt.

Er hat unrecht, wenn er eine Politik der persönlichen Ranküne und Leidenschaft verfolgt, wenn er, um ein Monopol zu brechen, kein anderes Mittel sieht, als Menschen, Kapital und Bildung zu vernichten. Dieses Unrecht ist nicht nur ein sittliches, sondern auch ein praktisches: wir werden zeigen, dass es die Revolution auflöst.

Denken und Fühlen des proletarischen Volkes sind der Oberschicht so gut wie unbekannt. Arbeitgeber und militärische Vorgesetzte lernen nur die eine, die seltsam selbstverleugnende Seite dieser problematischen Menschen kennen, die Seite, die sich ausgibt, die gehorchen kann und will, die den Militarismus heimlich bewunderte und dem Kriege zujubelte. Der Oberschicht entstammende Führer lernen leicht, wie das Volk behandelt sein will, sie lernen selten, wie es ist; die ihm angehörten, werden zu Assimilanten der Bürgerschicht, vergessen ihr Wesen und ihre Erfahrung, reden so wenig wie möglich von den Grundzügen des Wesens, die sie nach Vorschrift ganz und gar als Folge der Lebensbedingungen auffassen und für schnell veränderlich halten. Soweit menschliche Eigenschaften Folgen von Lebensbedingungen sein können – immer sind sie deren Ursachen – mag die Erklärung gelten. Vor allem dürfen wir hoffen, dass die Gegensätze der Begabung, wie sie in den Einheitsschulen zutage treten, durch angenäherte Lebensführung einigermaßen ausgeglichen werden. Schwerer wird die Verschlossenheit zu überwinden sein, die dem Außenstehenden gegenüber eher durchbrochen wird als dem Arbeitsgenossen, die Unsicherheit, die auch von hochentwickeltem Selbstbewusstsein kaum aufgehoben wird, und das slawische Erbteil pessimistischer Resignation.

Diese trüben Eigenschaften, die dem herkömmlich angeschauten deutschen Charakter widersprechen, werden aufgehellt durch Menschlichkeit, Hilfsbereitschaft, Opfersinn und Redlichkeit; doch bilden sie den Untergrund jenes tiefen, Misstrauenden Hasses, den die Gesellschaft verschuldet, das Bürgertum verkannt und herausgefordert hat.

Die verwickelten Zusammenhänge des Wirtschafts- und Gesellschaftslebens sind dem Bürger dunkel und gleichgültig. Dem Proletarier sind sie dunkel und zugleich Lebensfragen; denn sie verurteilen ihn zum entbehrungsvollen Zwang mechanisierter Arbeit. Er steht lebenslang vor einer gläsernen Mauer, die ihn vom bürgerlichen Leben trennt; auf ihr erscheinen die Spiegelbilder dogmatischer Theorien, denen man mit halbem Herzen glaubt; die Mauer aber ist härter und fester als Staat und Gesetz. Er fühlt: hier geht etwas nicht mit rechten Dingen zu. Aus diesem Wirrwarr von Theorien und Gesetzen mag sich der Teufel herausfinden. Wie es auch sei, die Mächtigen halten zusammen, mögen sie heißen, wie sie wollen, und am Ende ist man durch Recht, Gesetz und Waffengewalt der Geprellte.

Geprellt, nicht durch Verhältnisse, sondern durch Menschen, durch sichtbare Menschen, die man an den Fingern herzählen kann, mit ihrem Eigennutz und bösen Willen. Beweis: das Leben der Reichen, die gerade so viel verprassen, wie uns fehlt. Die Ausbeutung wechselt den Namen, doch sie bleibt, trotz Revolution und Sozialisierung. Die persönliche Ranküne und Erbitterung steigt zum Gipfel.

Auf dem Begriff der Ausbeutung beruht alle sozialistische Theorie, und dieser, der einleuchtendste und verbreitetste von allen polemischen Begriffen, ist an die Person geknüpft.

Es verbindet sich mit diesem Begriff eine richtige und eine falsche Vorstellung.

Richtig ist, dass die Kapitalistenschicht der westlichen Erde ihre Lebensbedingungen selbst bestimmt hat, und sie erheblich reicher bestimmt hat als die Lebensbedingungen der Unterschicht. Das gleiche hat in zehntausend Jahren jede herrschende Schicht getan, und es galt nicht als Unrecht.

Denn diese sorglosere Lebensführung, ja die Tatsache der Zweischichtigkeit überhaupt, hat die Zivilisation und Kultur der Welt geschaffen, die darauf beruhte, dass eine kleine herrschende Gesellschaft leitete und erdachte, eine große dienende Gesellschaft leistete und ausführte. Christus hat an dem Verhältnis der Römer zu den Juden keinen Anstoß genommen, er gab dem Kaiser, was des Kaisers Bild trug.

Oft hat man die herrschende Gesellschaft zu stürzen versucht, nie hat man ihr aus ihrer Freiheit einen sittlichen Vorwurf gemacht, geschweige denn der Ausbeutung. Weder der griechische Sklavenherr, noch der römische Imperialist, der deutsche Freie, der katholische Klerus, der holländische Patrizier, der englische Kolonist, der preußische Grundbesitzer galt als Ausbeuter.

Die Welt kennt keine ersessenen Rechte. Was zehn Jahrtausende Recht war, wird im elften Unrecht. Die herrschende Gesellschaft begriff nicht, dass durch die Mechanisierung das untere Volk gemündigt war; als man ihr zurief: um der Gerechtigkeit willen verzichtet auf erbliches Vorrecht und gehässigen Aufwand, hatte sie Hohn zur Antwort.

Soweit ist die Vorstellung richtig; sie ist richtig, soweit es sich um die unsittlich gewordene Tatsache einer herrschenden Schicht und um ihre gehässige Gebärde handelt.

Falsch ist sie, soweit angenommen wird, durch den Mehrverbrauch der Oberschicht sei die Dürstigkeit des Proletariats verschuldet. Diese Annahme aber ist die herrschende, sie hat ganz eigentlich den Begriff der Ausbeutung geschaffen, in ihrem Sinne wird das furchtbare Wort täglich Millionen Mal wiederholt, in ihrem Sinne klingt die empörte und empörende Anklage durch: Ihr zehrt an unserm Mark und dem unserer Kinder, ihr fresst unser Leben und unser Glück, wir wären frei und wohlhabend, wenn ihr nicht lebtet.

Dass diese grauenhafte Klage, die keiner ernstlich widerlegte, nicht längst die Erde zur Schlachtbank gemacht hat, ist zu verwundern. Zwei mächtige Trägheitsmomente hemmten die Katastrophe: die allgemeine Unfähigkeit, sich einen anderen Zustand als den bestehenden vorzustellen – die nur durch äußere Ereignisse überwunden wird – und die Isolationsschicht, die von Mensch zu Mensch durch das politische System geschaffen und erhalten wurde. Die tiefe Erbitterung aber wuchs, der Hass kannte kein Ende, das Misstrauen wurde unauflöslich, die Revolution der Ranküne war Notwendigkeit.

In Russland ist sie noch heute die bewegende Kraft. Eine Beglückung der Welt nach theoretischer, doch nicht philosophischer Überzeugung, die eine Besitzes- und Erwerbsfrage zur selbstverständlichen, nicht weiter zu prüfenden Zentralwahrheit macht, kann nur dann sich selbst im Glauben halten und ihre Anhänger über die Zeit der Enttäuschung hinwegtragen, wenn sie einen Gegenstand des Abscheus als Kampfgegner am Leben erhält. Anklage ist die stärkste Propaganda, und selbst die toten Feinde müssen aufgerufen werden, um die Zögerung des Glücks zu erklären und neuen Mut zu zünden.

„Erledigt die Bourgeoisie, und die Erlösung ist da", heißt es, und das russische Volk vertauscht willig eine Herrschaft mit der anderen, eine Soldateska mit der anderen, denn der Schuldige ist gefunden, er wird überliefert und bestraft.

Die Revolution der Ranküne bedeutet Ersetzung einer herrschenden Schicht durch eine andere. Wohlgemerkt: nicht durch die Gesamtheit. Denn ausgeschlossen von der Gesamtheit ist zunächst selbstverständlich die abgesetzte Schicht, weil sie bestraft und vernichtet werden soll, ausgeschlossen sind aber auch die in der Tiefe nachwachsenden sämtlichen radikaleren Schichten, deren Zahl unbegrenzt ist, und die jedes Mal unbemerkt und außer Ansatz bleiben, bis sie ins Licht der Opposition gerückt sind, das heißt, bis die jeweilige Vorgängerin an der Herrschaft ist, und sie, die neuen Opponenten, ihren Anspruch an die Macht bekennen.

Diese Erscheinung, die von höchster Bedeutung ist, weil sie zur Oligarchie und Militärdiktatur führt, wird dauernd übersehen oder verschleiert. Wir müssen sie erfassen.

Solange die erste der unterdrückten Schichten um Dasein und Herrschaft kämpft, schließen alle folgenden Schichten, gleichviel ob sichtbar oder im Keim begriffen, sich ihr an, sie sind gleichsam in ihr enthalten. Als die Bourgeoisie ihren Kampf begann, umfasste sie das Proletariat, das sich alsbald abspaltete und den Keim des Kommunismus in sich trug; als der russische Sozialismus gesiegt hatte, löste sich der Bolschewismus los; hinter dem Spaltungsprodukt des deutschen Sozialismus, der Unabhängigen Partei, erhebt sich bereits eine radikalere Gruppe, ebenso hinter dem Bolschewismus.

Diese Abspaltungen sind erstens theoretisch unbegrenzt, zweitens psychologisch notwendig.

Unbegrenzt: denn jedes noch so radikale Programm enthält positive Elemente, und diese können verneint werden. Stützt sich die erste Schicht noch auf einen Staatsbegriff, so kann dieser von der nächsten verneint werden zugunsten des Kantons, dieser zugunsten der Gemeinde, diese zugunsten einer beliebigen Vereinigung und so fort. Das Gesetz kann verneint werden zugunsten einer Volksjustiz, diese zugunsten der Selbsthilfe oder, rückwärts gerichtet, einer Befehlsgewalt. Das Privateigentum kann verneint werden zugunsten eines Gemeindeeigentums oder Staatseigentums oder Häuptlingseigentums.

Diese Verneinungen lassen unzählige Kombinationen zu, umso mehr, als nichts daran hindert, dass sie einzeln oder in ihrer Gesamtheit rückwärts, „reaktionär", gerichtet sein können. Dieser Fall würde eintreten, sobald eine der zur Herrschaft gelangenden Schichten den absoluten Anarchismus verkündet.

Jede der Herrschaft zunächst stehende Schicht wird ihre im Genuss der Macht befindliche Vorgängerin als verräterisch, beschränkt und reaktionär bezeichnen, jede herrschende Schicht wird die Prätendentin hirnverbrannt, verbrecherisch und anarchisch nennen.

Man wende nicht ein, dass diese Schichtenfolge schließlich durch Mangel an führenden Intelligenzen und an Massengefolgschaft ihr Ende finde: Wir erleben täglich, dass Intelligenzen und Massen überspringen; beide können, so lange sie unbefriedigt sind, nacheinander beliebig vielen Schichten angehören.

Die Unbefriedigtheit aber begründet die psychologische Notwendigkeit der Schichtenfolge.

Keine herrschende Gemeinschaft kann den Ehrgeiz aller Intelligenzen, geschweige alle Wünsche der Massen befriedigen. Der Bolschewismus hat versucht, die wenigen hunderttausend russischen Intelligenzen in seinen Dienst zu ziehen; es ist nicht gelungen. Soweit es gelang, ist es vielfach übel abgelaufen, die Klagen über unlautere Elemente nehmen in den Veröffentlichungen kein Ende, und der notwendig gewordene Selbstreinigungsprozess wird demnächst die Zahl der eigentlich verantwortlichen Intelligenzen auf wenige Zehntausende beschränkt haben. Damit ist die Oligarchie geschaffen, von der wir weiter zu reden haben. Im Lande der breitesten Bildung und Verantwortlichkeit, in Deutschland, ist nicht daran zu denken, dass irgendeine herrschende Schicht einen irgendwie bedeutenden Teil der Intelligenz monopolisieren könnte.

Jede herrschende Schicht sieht somit zu ihrer Linken eine gewaltige prätendierende Opposition sich erheben. Der Begriff des Gesamtproletariats, im Sinne einer politischen Schicht, die das ganze Volk mit Ausnahme der Bourgeoisie umfasst, ist nur solange real, als die Bourgeoisie herrscht und alle anderen in Opposition sind. Ist die Bourgeoisie gestürzt, so wird der Begriff des Gesamtproletariats eine Fiktion; es löst sich aus in eine endlose Reihe von Schichten. Die treibenden Kräfte im Schichtenkampfe können auf die Dauer nicht sachlich bleiben, sie verwischen sich mehr und mehr mit persönlichen Interessen und enden als reine Personalpolitik, als Kämpfe führende Personen, wie wir sie aus balkanischen und südamerikanischen Republiken kennen.

Um sich gegen die nächste nachdrängende Schicht zu wehren, bleibt der herrschenden nichts anderes übrig als zu erklären: Bis hierher und nicht weiter. Was zu verwirklichen war, haben wir verwirklicht. Jede weitere Forderung ist utopisch. Wir sind so weit gegangen, wie das Recht gehen kann. Hinter uns beginnt das Unrecht, konspiriert das Verbrechen (Definition des Verbrechens nach dieser Logik: eine Negation mehr, als der Herrschende zulässt). Ihr verlangt Gründe? Gesunder Menschenverstand, allgemeine Sittlichkeit. Das genügt euch nicht? Sit pro ratione voluntas. Ihr braucht Gewalt? Das Blut auf euer Haupt: wir haben Soldaten.

Damit hat die Militärdiktatur begonnen.

Sie ist das einzige, das letzte, das unentbehrliche Argument jeder herrschenden Schicht; keine hat sie je entbehrt, keine wird sie entbehren. Hier begegnen sich Lenin, Bonaparte und Dschingiskhan: Eine gehorsame Heeresmacht entscheidet jede Streitfrage mit der Autorität eines Gottesurteils.

Mag jede prätendierende Schicht sich noch so menschlich liebend und messianisch erlösend gebärden; ihre Führer wissen genau: sind wir erst an der Macht, so herrschen wir mit dem Schwert und zerschmettern, was von rechts oder links sich entgegenstellt.

Deshalb ist von allen demagogischen Entrüstungen diejenige die verlogenste und widerlichste, die sich im Namen der Menschlichkeit über Gewalt beklagt. Es ist politisches Recht und politische Pflicht, die Missstände des Gemeinwesens aufzudecken und zu bekämpfen; es ist höchste politische Aufgabe, ein gerechtes Gemeinschaftsleben auszubauen; es kann niemand gehindert werden, politische Ziele mit den bösen Kräften der Ranküne zu verfolgen; doch es ist plumpste Unehrlichkeit, dem Gegner das vorzuwerfen, was man mit heißem Wunsche für sich ersehnt.

Überhaupt wäre es gut, wenn wir von dem Sklavenpathos der Entrüstung in Deutschland etwas weniger Gebrauch machten. Der Schaffende begeistert sich, der Unfähige schimpft, und der Feige ist entrüstet. Der große

Gedanke ist in seiner schlichtesten Form pathetisch, das Pathos der Schwäche ist ein Gezeter.

Jetzt haben wir die Revolution der Ranküne erkannt.

Sie bedeutet die primitive und interessierte Form des Schichtenkampfes. Sie hat kein objektives Ideal und kein absolutes Ziel, denn jede Schicht zieht eine andere hinter sich her, der Kampf ist endlos und zumeist ein Kreislauf. Jede Schicht ist gezwungen, sich oligarchisch zu gestalten und mit Waffen zu herrschen. Der Schichtenkampf endet in Personalpolitik. Seine Mittel verkommen in Gewalt und Demagogie. Ranküne stürzt durch die Kräfte, die sie entfacht. Durch niedere Leidenschaft gesundet kein Volk.

Die Revolution des Spießumdrehens: komme was wolle, jetzt werden wir einmal herrschen und ihr sollt dienen, lässt sich nicht mit Worten ausreden, so wenig sich eine hassende Leidenschaft ausreden lässt. Doch sie kann erkannt werden, und wenn sie erkannt ist, hat sie ihr sittliches Pathos verloren. Sie kann sich an Gleichgesinnte wenden, doch kann sie weder um Geistige werben, noch das Vollrecht eines Menschheitsgedankens beanspruchen.

Die Menschheitsrechte sind weder ein Alleinbesitz der Schicht A noch der Schicht B. Eine Schicht B, die behauptet: wenn ihr uns auf fünf Jahre das Monopol gebt, so werden wir es später mit allen teilen, spricht wissentlich oder unwissentlich die Unwahrheit. Sie proklamiert eine Palastrevolution der Klassen.

Ein revolutionswürdiges Staatsideal ist keine Schichtungsfrage, sondern eine Ordnungsfrage. Dass jede, auch die idealste Ordnung die geistige Ungleichheit der Menschen, den Aufbau der Verantwortung nach Fähigkeiten, nicht beseitigen kann, liegt auf der Hand. Ist es eine Tatsache, dass die gegenwärtig herrschende Schicht eine größere Zahl und Stärke der Fähigkeiten besitzt, so ist es kein Übel, wenn diese dem Dienste der Gemeinschaft erhalten bleiben. Im Handumdrehen kann eine Revolution nur Zwingmauern sprengen, nicht Häuser bauen. Sie kann alle Vorrechte vernichten, die erbliche Schichtung möglich machten, und somit eine ungeschichtete Gesellschaft vorbereiten. Dieser Vorgang erfordert Menschenalter. Es ist ein schwerer Irrtum, wenn man ihn zu beschleunigen glaubt, indem man eine herrschende Schicht durch eine andere ersetzt. Man erreicht nicht einmal das, was man will; die rankünöse Beseitigung missliebigen Wettbewerbs; die Revolution jedoch im Sinne der Schaffung gerechter und organischer Ordnung ist auf Menschenalter vereitelt.

4. Die Revolution des Güterausgleichs

Sie ist die Revolution des ultra-demokratischen, des sozial-demokratischen Bürgers, der Umkehrungswunsch aller häuslichen Sorgen, der harten Arbeit, des freudlosen Lebens, der Wohnungsnot, der städtischen Plagen, der Vorgesetztenbrutalität, des herausfordernden Luxus; Hamlets Klage: des Rechtes Aufschub, der Übermut der Ämter und die Schmach, die Unrecht schweigendem Verdienst erweist. Sie ist die klassische Revolution, die Revolution der Schule. In ihrem Hintergrunde sieht die große Theorie, die tröstliche und plausible Lehre vom Marxschen Mehrwert. Es handelt sich nur darum, ein Mittel anzuwenden, deren es viele gibt, um den Mehrwert gerecht auf alle Bürger zu verteilen, und alsbald sind alle der Sorgen ledig, die Arbeitszeit sinkt auf sechs, auf vier Stunden, auf wenige Lebensjahre, alles Elend verschwindet, jeder ist wohlhabend.

Diese Lehre hat die Welt umschritten, auf ihr ruht das ganze Lehrgebäude der rechtgläubigen Sozialdoktrin, doch sie ist falsch. In fünfundsiebzig Jahren hat niemand sich die Mühe genommen, sie durch Rechnung zu widerlegen.

Der Mehrwert ist so klein, dass er keinen sozialen Faktor bedeutet. Überdies darf er nur zum kleinsten Teil verbraucht, das heißt zur Aufbesserung der Lebenshaltung verwendet werden, drei Viertel sind zur Akkumulation, das heißt zur Erweiterung des Produktionsapparates, unentbehrlich.

In der Zeit des mittleren Kapitalismus, als Marx schrieb, als die Industrie in ihren Anfängen, der Reallohn gering, der

Nutzen groß war, mag der verbrauchbare Mehrwert ausgereicht haben, um die Lebenshaltung des Arbeiters wo nicht entscheidend, so doch merklich zu verbessern. Aus einzelnen überlieferten Angaben über den damaligen Umsatz und Nutzen von Maschinen- und Lokomotivfabriken möchte ich schließen, dass bei vollkommener Aufteilung eine Aufbesserung des Lohnes um die Hälfte möglich gewesen wäre.

Um den Mehrwert in unserem Zeitabschnitt zu ermitteln, sind vier Wege gegeben: Man kann ausgehen erstens von den Erträgnissen des einzelnen Werkes, zweitens vom Rentenertrag der im Inland werdenden Produktionsmittel, drittens vom Nationaleinkommen, viertens von der jährlichen nationalen Ersparnis. In jedem Falle ergibt sich das Gleiche: der Mehrwert bleibt erheblich hinter der Größenordnung von zehn Milliarden jährlich zurück; er dürfte bei angespannter kapitalistischer Produktion und unter den nicht wiederkehrenden Voraussetzungen der Vorkriegszeit auf höchstens sechs Milliarden zu beziffern sein.

Dieser Betrag aber ist niemals voll verbraucht worden und darf nicht verbraucht werden; er hat der Erweiterung unserer Wirtschaftsmittel gedient und muss ihr auch ferner dienen; diese Erweiterung deckt sich wesentlich mit dem Begriff der nationalen Ersparnis. Ein weiterer Teil ist aus Sparkassen und Bänken in Taschen der kleinsten Sparer geflossen und hat schon bisher zur Aufbesserung der allgemeinen Lebenshaltung beigetragen. Ein dritter Teil von etwa 1 ½ Milliarden hat den Aufwand der Wohlhabenden bestritten. Dieser Betrag ist verteilbar und verbrauchbar; er macht auf den Kopf der Bevölkerung fünfundzwanzig Mark aus, erheblich weniger als eine der durchschnittlichen Lohnaufbesserungen.

Um dieses Zusatzeinkommen von fünfundzwanzig Mark auch nur einigermaßen unverkürzt der Bevölkerung zuzuführen, bedarf es folgender hauptsächlichen Voraussetzungen: Die Wirtschaft muss so ergiebig bleiben, wie sie vor dem Kriege war. Die Staatslasten dürfen nicht steigen. Jede Kapitalrente muss aufhören; es dürfen also weder Entschädigungen für Sozialisierung noch Zinsen öffentlicher Anleihen gezahlt werden – oder, wenn sie gezahlt sind, müssen sie sofort weggesteuert werden. Es darf keine erhebliche Mehrvergütung für hochqualifizierte geistige Arbeit stattfinden.

Der Weg zum allgemeinen Wohlstand ist somit nicht eine Frage des Mehrwerts oder der Sozialisierung. Die Revolution des Wohlstandsausgleichs beruht auf falscher Voraussetzung.

Nicht, dass der Wohlstand sich nicht heben ließe, oder dass alles Sozialisierungsstreben irrig sei. Der Wohlstand lässt sich heben durch die Neue Wirtschaft, durch die Umwandlung der anarchischen Wirtschaft in organische, und die Sozialisierung hat ihre Bedeutung für die Frage der Machtverteilung, von der die Rede sein wird. Dies aber muss nachdrücklich und rückhaltlos ausgesprochen und festgehalten werden: Sozialisierung an sich hebt den allgemeinen Wohlstand nicht, verbessert nicht die Güter und Einkommensverteilung, verkürzt nicht die Arbeitszeit. Man kann um des gerechten Machtanspruchs willen oder aus irgendwelchen anderen sittlichen oder sozialen Gründen Sozialisierung wollen: um derjenigen Hoffnungen willen, welche die materielle Revolution gezeitigt haben und welche für mindestens neun Zehntel aller Sozialisierungsanhänger entscheidend sind, aus den Gründen allgemeineren Wohlstandes, verbesserter Lebenshaltung, leichterer und kürzerer Arbeit, kann man sie nicht wollen, denn diese Hoffnungen werden nicht erfüllt. Im Gegenteil; auch wenn Krieg und Frieden unsere materielle Zukunft nicht auf Menschenalter zerstört hätten, würde die wirtschaftliche Umwälzung, die sich vollzieht und vollziehen wird, die Gütererzeugung schwer erschüttern und ihren Wirkungsgrad im Vergleich zur hochkapitalistischen Epoche gewaltig mindern. Dieser Tatsache und einer ernsteren: dem Aussetzen der Intelligenz und der technischen Leistung, haben wir ins Auge zu blicken; und wenn wir nach rücksichtsloser Prüfung dessen, was bevorsteht, uns dennoch für die Revolution entschließen und einsetzen, so ist es nicht mehr die kleinbürgerliche Revolution der falschen Voraussetzungen und der mechanischen Rezepte.

Unsere Arbeitskraft ist gesunken und sinkt weiter. Die gewaltigen Hebel, mit denen der mechanisierte Kapitalist aus die höchste Einzelleistung erzwang, sind zersprungen; die Leistung wird vom Leistenden selbst bestimmt, und er bemisst sie bequem und gering. Neue Kräfte werden einsetzen, um das Land wieder produktiv zu machen: fürs erste die Kräfte der Not.

Bei erschöpften Beständen, bei unerhörter Vermehrung der Schuld- und Umlaufzeichen mit wachsenden Zahlungslasten, mit abnehmender Erzeugung sinkt der Geldwert.

Was bedeutet das? Zunehmende Teuerung aller Güter, aller käuflichen Dinge und aller Arbeit. Wohin führt die Teuerung? Sie führt dahin, dass alle Güter, Werte und Menschen aus dem Lande gespült werden, bis das Gleichgewicht eintritt. Wann tritt es ein? Wenn so viel Güter der Bequemlichkeit und Annehmlichkeit aus dem Lande geflossen sind, dass das äußere Leben hart wird. Wenn ein so großer Teil des Arbeitsertrages abfließt, dass der verbleibende Rest der Erzeugung zur Lebenshaltung nicht mehr ausreicht. Wenn so viel Menschen weggespült sind, dass die Notwendigkeit der Nahrungseinfuhr sich mindert. Wenn so viel Werte ausgeführt sind, dass eine wirtschaftliche Fremdherrschaft der ausländischen Besitzer von Eigentumsrechten sich fühlbar macht.

Was geschieht dann? Es gibt keine müßigen Hände mehr. Der Arbeitsdrang steigt bis zur Unerträglichkeit. Die Arbeitszeit verlängert sich. Wir exportieren Schweiß und Blut. Jede Erneuerung und Beschaffung um des Aussehens willen, um der Annehmlichkeit und Bequemlichkeit, geschweige des Luxus willen, unterbleibt. Es entsteht die Gefahr, dass an den notwendigen Ausgaben für Erziehung, Kultus, Wissenschaft, Kunst und Technik rücksichtslos gespart wird, und dass die Leistungshöhe der Forschung, der Bildung und der Gewerbe auf barbarisches Maß absinkt.

Diese Gefahren, die durch jegliche Last des Friedensvertrages gesteigert werden, sind unabsehbar. Es gibt ein einziges Mittel, ihnen zu begegnen; ein einziges. Die unverzügliche und restlose Durchführung der Rationalisierung und Organisierung unserer anarchischen und chaotischen Wirtschaft, die Umgestaltung, wie ich sie in der Neuen Wirtschaft beschrieben habe. Verräter am deutschen Volke sind jene borniertetn Interessenten und Interessentenvertreter, die im Namen einer freien, in Wahrheit zügellosen Wirtschaft mit ungemessenen Mitteln eine unehrliche Agitation in Wort und Schrift bezahlen, um meine Gedanken zu verdächtigen und zu entkräften. Eitle und bezahlte Lügen sind es von Leuten, die meine Schriften nie gelesen haben, wenn behauptet wird, ich wolle die freie Initiative vernichten und den Mittelstand ruinieren. Noch wenige Jahre und die Not erzwingt unter Qualen, was heute der Interessent zum Schaden des Volkes verweigert.

Unterdessen kommt eine Hauptwirkung der Geldentwertung derjenigen Forderung des Sozialismus entgegen, die durch Substitution des Grundes an wirtschaftlicher Berechtigung verloren, an sittlicher gewonnen hat: der Forderung nach Beseitigung des arbeitslosen Einkommens. Sie wurde erhoben, als die Meinung herrschte, der Mehrwert, der das arbeitslose Einkommen ermöglicht, reiche hin, um jedem Volksgenossen ein behäbiges Auskommen zu schaffen. Wir wissen, das war ein Irrtum.

Die Frage jedoch erledigt sich darum nicht. War sie wirtschaftlich gemeint, so haben wir sie ethisch zu deuten. Schon während wir im nationalen Wohlstand lebten, empfand das feinere Gewissen den übermäßigen Gegensatz als tiefe Schuld. In der Gemeinschaft der Not tritt die Frage aus dem Bezirk des Gewissens vor den Areopag der öffentlichen Sittlichkeit. Im Angesicht des Hungers kann nicht geprunkt und geprasst werden.

Hier setzt zunächst die Geldentwertung ein. Sie verteuert den Aufwand und entwertet die Rente. Doch das genügt nicht. Die Steuergesetzgebung greift nach.

Zuvörderst hat sie eine kleine Unebenheit auszugleichen. Entwertet sich die Rente, so wird der Schuldner entlastet, der Gläubiger beschwert. Vor allem beim Grundbesitz. Besteuerung des Einkommens und Zuwachses schafft Rat.

Das zerrüttete, tief verschuldete Land aber bedarf der Sanierung mit ungeheuren Mitteln. Steuern auf Einkommen und Vermögen, Erbschaft und Zuwachs, Verbrauch und Aufwand in nie gekannter Höhe, aufsteigend bis zu annähernder Konfiskation sind unvermeidlich und gerechtfertigt.

Damit ist aller persönliche Reichtum im Lande gebrochen, und rascher noch der Aufwand. Ein Nachgefecht mit Schiebern und Hinterziehern findet statt, die sich schließlich hinter die Behauptung verschanzen, sie würden von ausländischen Freunden ernährt oder hätten Geld im Glücksspiel erworben. Der allgemeine Ausgleich jedoch ist erfolgt, zwar nicht auf der Grundlage allgemeinen Wohlstandes, sondern allgemeiner Armut.

Hier sei bemerkt: Es muss ein für alle Mal der Irrtum abgetan werden, irgend ein Wirtschaftssystem – mit Ausnahme des reinen Kommunismus, der eine gänzlich veränderte Weltkultur voraussetzt – könne an sich einen Wohlstandsausgleich schaffen. Die Aufgabe des vollkommenen Wirtschaftssystems ist: die Arbeitszeit zu verkürzen, die Arbeit zu vergeistigen und den Ertrag zu erhöhen. Wohlstandsausgleich ist nicht Sache der Wirtschaft, sondern Sache der Gesellschaft. Sie erzielt ihn innerhalb der erwünscht und gerecht erachteten Grenzen durch Besteuerung. Deshalb ist der populäre Gedanke entschädigungsloser Sozialisierung einzelner Erwerbsgebiete, etwa der Industrie, des Großhandels, des Großgrundbesitzes ein Widersinn. Ist Sozialisierung eines Teils der Wirtschaft im Sinne des gewählten Wirtschaftssystems nötig, so muss sie geschehen.

Sie kann aber nicht verbunden werden mit einer willkürlichen Bestrafung der betroffenen Wirtschaftssubjekte. Will der souveräne Staat sich Besitz und Einnahmen verschaffen, so muss er nach Leistungsfähigkeit und Gerechtigkeit alle Begüterten gleichmäßig heranziehen, und zwar auf dem Wege der Steuer, er kann nicht zugunsten des Kaufmanns den Landwirt oder zugunsten des Landwirts den Fabrikanten enteignen.

Durch Rentenentwertung und Besteuerung sei der Ausgleich der Vermögen, Einkommen und Lebenshaltungen innerhalb der vorgeschriebenen Grenzen erfolgt: so ist zwar einer an sich berechtigten sozialen Forderung genügt, dennoch können wir uns des Ergebnisses nicht ungetrübt freuen.

Man glaubte, gegen Kapitalismus zu kämpfen und kämpfte gegen Armut. Man kämpfte gegen Armut, und wurde von ihr besiegt.

Dies ist nicht allein eine Folge des Krieges. Auch ohne den Krieg hätte der Ausgleich nicht zum Wohlstand, sondern zur Dürftigkeit geführt. Nun führt er zur Not. Mit dem persönlichen Reichtum sinkt manches dahin, das nicht von Übel war, mit dem bürgerlichen Wohlstand vergehen wichtige Lebenskräfte.

Die Kunst wechselt zum zweiten Mal ihren Herrn, doch sie wird sich anpassen und nicht zugrunde gehen. Längst war ihr Mäzen nicht mehr der weltliche und geistliche Fürst, der hohe Adel, es war der anonyme bürgerliche Wohlstand. Nun wird es die Selbstverwaltung und die politische Gemeinschaft sein. Manche Freiheit schwindet, mancher personalpolitische Zug mischt sich ein, Naivität geht verloren, Weltgewandtheit und Tendenz treten aus. Was früher eine stille Stunde entschied, entscheidet eine Rede, eine Broschüre. Doch das innerste Leben der Kunst kann nicht getroffen werden, nur die Bänder, die sie an den Zeitgeist binden.

Der Begriff der Wohltätigkeit hört aus, und das ist gut. Für Leben, Gesundheit und Unterhalt steht die Gemeinschaft ein, Ansprüche werden vertreten, nicht Almosen gefordert. Hilfsbereitschaft und Opfer werden bestehen, doch vorwiegend durch Vermittlung der Gemeinschaft, die den ersten Anspruch auf jede Leistung erhebt. An die Stelle des mütterlichen Taschengeldes verschwiegener Nachsicht tritt die errechnete Auszahlung des Vormundes.

Das Überflüssige hat ein Ende, außer wo es aus Gemeinerwägung konzessioniert ist. Die Laune bedarf gleichsam des Bezugsscheins und erstirbt auf dem Wege zur Kanzlei, außer wenn sie hartnäckig und spekulativ ist. Das Entbehrliche wird sachkundig erwogen und zugemessen wie die Zierleisten im Eisenbahnabteil. Der Puritanismus wäre nicht nur annehmbar, sondern eine Wohltat, wenn er die Scheußlichkeiten des Ungeschmacks wegspülte; doch sie halten vielleicht am längsten vor, weil sie nicht der Organisation und Verordnung, sondern nur der inneren Einsicht weichen.

Wo kein Schmuckwerk und Luxusgut verbraucht wird, kann auch keines – für andere – erzeugt werden, denn Geschmack und Fertigung brauchen die Schule des Bedarfs, und des allgemeinen Urteils. Der Dorfschneider kann nicht für den Weltmarkt, der Kantinenwirt nicht für die Gesandtschaftsküche arbeiten. Schnell sterben die Handfertigkeiten ab, die Erziehung des Zulieferanten für erwähltes Ausgangs- und Hilfsmaterial verfällt. Öffentliche Musteranstalten und Ausbildungsschulen bringen es nicht über das Mittelmaß, wenn der Ansporn des Verbrauchs fehlt; unsere Erzeugnisse werden, wo nicht wie in den siebziger Jahren billig und schlecht, so doch mechanisch und nüchtern sein. Das Prunkstück einer vormärzlichen preußischen Gewerbsausstellung war ein Polstersessel mit einem künstlich eingebauten Spielwerk.

Mit dem Absterben der Handfertigkeit, des Kunsthandwerks, der mechanischen Verfeinerung werden wir uns abfinden. Nicht nur, weil es uns ziemt, in tiefster Einfachheit künftig zu leben, sondern weil wir die lange Epoche der – vertikalen – Völkerwanderung betreten, in der die Ebene der Weltzivilisation sich senkt. Später als bei uns im Westen, doch in Jahrzehnten auch dort. Längst hat das Barometer der Kunst die kommende Depression, die Barbarisierung angezeigt. Ist endlich nach langer Arbeitszeit der Wohlstand der Welt und ihre Leistungsfähigkeit von neuem gewachsen, so wird Verkürzung der Arbeit, Verlängerung der Muße das erste Ergebnis sein. Dann wird in den freien Stunden ein Bosseln, Basteln und Künsteln angehen, das zur Wiederentdeckung unserer Fertigkeiten und Methoden führt – wo nicht gar unsere Künste und Wissenschaften neu werden entdeckt werden müssen – und es werden Keime neuer Bildungen erwachen.

Bedenklicher, vor allem während der Fortdauer des westlichen Wirtschaftsimperialismus, ist das Absinken der technischen Leistungshöhe. Was sie bedeutet, mit welchen Opfern und Wagnissen sie erkauft wird, habe ich im Aktienwesen dargelegt. Die beste Dampfturbine oder Verbrennungsmaschine kann auf die Dauer nur da erzeugt werden, wo man die meisten, die größten und die vollkommensten ihrer Art gebraucht, wo der Wohlstand technischer Produktion die größte Zahl der besten Ingenieure, Forschungsstätten und Prüffelder hervorbringt, wo die Menge der Verwendungsstellen die reichsten Betriebserfahrungen liefert, wo die ergänzenden, wetteifernden, zuliefernden Industrien auf höchster Höhe stehen und mitforschend am Gesamtergebnis teilnehmen, wo mit einem Wort eine Atmosphäre des technischen und wissenschaftlichen Überschwanges herrscht und auf Denken und Schaffen, Menschen und Dinge wirkt. Alle Hochschulen der Welt können diese Atmosphäre nicht schaffen und ersetzen, denn auch sie sind angewiesen auf eine Umwelt reichster Produktivität. Wo sie fehlt, kann eine einzelne Erfindung aufblitzen, doch alsbald nimmt das führende Ausland ihre Entwicklung auf und wirft das Urmodell zum alten Eisen. Auf die Dauer kann kein Wirtschaftsgebiet vom Nachbilden fremder Technik leben, es verblassen die Zusammenhänge, man kommt außer Tritt und klappt nach.

Dann sinkt der Forschungsgeist, und alle experimentelle Wissenschaft, soweit sie nicht mit einfachstem und billigstem Hilfsgerät arbeitet, wird betroffen. Es soll nicht bis zu dem Satz verallgemeinert werden, dass nur wohlhabende Staaten Kultur schaffen – denn dieser Satz ist nur insoweit richtig, als die gleichen Lebenskräfte Kultur und Wohlstand der Staaten erzeugen –, doch auf dem halbmateriellen Gebiet der Technik und Experimentalforschung kann Staatsfürsorge und Gemeinsinn den Ausfall an Kraft und Stoff nicht ersetzen.

Die größte und wahrhaft kulturelle Gefahr entsteht dem gleichzeitig umgewälzten und verarmten Lande aus dem Bruch der Überlieferung und dem Ausfall mindestens einer intellektuellen Generation.

Träger unserer Geistigkeit war das mittlere Bürgertum. Diese Geistigkeit war versandet, wie überall im Westen, doch reichte sie hin, bei mäßigem Tiefgang das Schiff der Zivilisation in Fahrt zu halten. Nicht Lehre und Bildung allein, Überlieferung, Umgebung, Vorbild und Vererbung schufen einen Stand der geistig Verantwortlichen.

Ein Riss entstand durch den Ausfall von fünf Lehrjahren, ein zweiter durch die Verwahrlosung der Jugend und durch physischen Raubbau. Nun bricht das Bürgertum wirtschaftlich nieder, und die hundertjährige Geschlechterkette ist zersprungen. Wie wird die übernächste Generation unserer Gelehrten und Techniker, Arzte und Richter, Lehrer und Beamten aussehen? Die rascheste, gründlichste, weitherzigste Reform und Ausdehnung unseres Schul- und Bildungswesens kann nicht die Kräfte des allzu lange unterdrückten Proletariats im Nu entbinden. Sofern überhaupt – was die Grundlage unserer ganzen Hoffnung bildet – das Proletariat, die unbekannte und unhistorische Unterschicht Europas, das erforderliche Maß geistiger Kräfte zu stellen befähigt ist, werden Menschenalter vergehen, bevor es in seine Aufgabe eintritt. Der Bruch der Tradition aber geschieht im Augenblick unseres schwersten Kampfes.

Dass diese Erwägungen von der ansteigenden bürgerlichen Reaktion missbraucht werden können, darf uns, die wir die Revolution besahen, nicht hindern, den Gefahren ins Auge zu blicken. Wir wollen nicht die Revolution der Ranküne. Wir Misstrauen der Revolution der Begüterung. Und doch wollen wir die Revolution; die Betrachtung der Verantwortung wird deuten, warum wir sie wollen. Der hundertjährige Weg der Revolution führt durch Reaktionen, von denen die erste begonnen hat, und durch Krisen. Wir müssen sie kennen. Dass unsere Freiheit geboren wird in der Hütte tiefster Armut und Erniedrigung, ist Notwendigkeit, ist zugleich Gefahr und Hoffnung. Wir haben in den Tag hinein geschlafen und schreiten unseren heißen Weg verspätet, beladen mit dem Gepäck unserer Vorläufer. Halbtot und verdurstet, und dennoch als erste werden wir auf dem Gipfel sein.

Aufs kürzeste wiederholt:

Die Revolution des Güterausgleichs geht von falscher Voraussetzung aus. Sie glaubt, allgemeinen Wohlstand zu schaffen, indem sie den Mehrwert aufteilt, sie glaubt, die Aufhebung des Kapitalismus sei gleichbedeutend mit Aufhebung der Armut, sie will den Ausgleich schaffen, indem sie sozialisiert.

Sie verlangt von der Neugestaltung der Wirtschaft zweierlei, und das ist zu viel: Wohlstand und Ausgleich. Die organische Wirtschaft vermag eines: mit vorhandenen Mitteln die Produktion gewaltig zu heben und zu verbilligen, den Ertrag zu vergrößern, die Arbeitszeit zu verkürzen. Das geschieht auf dem Wege der Neuen Wirtschaft, die gewisse Sozialisierungen einschließt.

Der Ausgleich ist nicht in erster Reihe Sache der Wirtschaft, sondern der sozialen Gesetzgebung. Obwohl er die allgemeine Lebenshaltung nicht merklich bessert, wird und muss er geschehen.

Er wird geschehen aus der Finanznot des Landes, durch Geldentwertung, Wirtschaftsbankrott, Auslandsverpflichtung und Steuerlast. Er muss geschehen, über diese Notwendigkeiten hinaus, aus Gerechtigkeit.

In der Epoche des Niederbruchs bedeutet die Aufhebung des privaten Wohlstandes eine ver-doppelte Belastungsprobe. Technische und kulturelle Gefahren sind unausweichlich.

Dennoch werden wir diesen Weg gehen, nicht indem wir den Gedanken der materiellen Revolution Recht gaben, sondern indem wir diese Gedanken zum Rechten leiten.

5. Die Revolution der Verantwortung

Weltgeschichte ist, oder sollte sein, die Lehre vom Fluten der Völker über die Erde, und von seiner Folge: der Befreiung des Geistes.

Der zehntausendjährige Abschnitt, den wir kennen, die sensationellen Ereignisse einiger bevorzugter Völker und Epochen , die sich in der kulturbildenden Krise der Umschichtung befanden, haben unseren Blick vom Gesetz abgezogen und an Einzeldinge gefesselt.

In der Kritik der Zeit habe ich ausgeführt: Jede Völkerwanderung hinterlässt zweigeschichtete Völker. Was sich nun zwischen den beiden Schichten abspielt, Beherrschung, Austausch, Mischung, Ebnung, und was in den drei typischen Abschnitten verläuft: Archaik (Feudalismus, Gotik) – Klassik (Aristokratismus, Hochkultur, Renaissance) – Barock (Demokratismus und Tyrannis, Technik, Eklektik und Ekstase) ist nationale Geschichte.

In den mittel- und westeuropäischen Ländern hat sich die Umschichtung und mit ihr das Phänomen der Hochkultur im Laufe von etwa vier Jahrhunderten vollzogen; in Deutschland reichte sie, durch äußere Ereignisse verzögert, bis in den Anfang des neunzehnten Jahrhunderts.

Nun geschah das Seltsame: Die alten europäischen Unterschichten waren nicht restlos aufgesogen. Die Volksverdichtung, verbunden mit dem quantitativen, messenden Geist des Abendlandes aber hatte die Mechanisierung und ihre Wirtschaftsform, den Kapitalismus geschaffen: und in dem Augenblick, wo die letzten feudalen Scheidewände fielen, die bürgerliche Emanzipation in Frankreich und Deutschland vollendet war, in diesem Augenblick hatte sich bereits eine neue Unterschicht gebildet, bestehend aus dem ärmsten Teil der alten, und rasch sich mehrend durch absinkende handwerkliche und landwirtschaftliche Elemente.

Diese Unterschicht war nicht mehr wie ihre bürgerliche Vorgängerin, niedergehalten durch Gewalt und Gesetz, sondern durch die scheinbar unantastbaren Begriffe des Privatrechts: Eigentum und Erbschaft, Begriffe, die in den Zeiten undichter Bevölkerung und weiten Lebensraums entstanden und berechtigt, so tief in das Volksbewusstsein eingedrungen waren, dass sie jeder Kritik und Beschränkung unzugänglich wurden.

Die Unterschicht war nicht mehr, wie bei alten Hörigkeitsverhältnissen durchaus fremden Blutes; es war die Unterworfenheit von Volksgenossen unter Volksgenossen. Die Hörigkeit war nicht mehr die persönliche, patriarchalische, von Familie zu Familie, nicht mehr die staatsrechtliche von Heloten zum Staat; es war eine anonyme Knechtschaft von Klasse zu Klasse, mit Wahrung der Freizügigkeit des Einzelnen, jedoch unter der praktischen Beschränkung, dass niemand auf normalem Wege seiner Klassenabhängigkeit entrinnen konnte, und scheinbar freiwillig sich immer wieder einen neuen Brotherrn und Schutzpatron suchen musste.

Eine objektiv mechanische, den Beteiligten unbewusste Rechtfertigung des unerhörten Verhältnisses bestand in der Notwendigkeit, die Weltproduktion der neuen Bevölkerungsdichte anzupassen, was nur unter beispielloser Anspannung der Arbeitskraft, ständigem Wechsel der Methoden und brutaler Organisation möglich war. In diesem hundertjährigen Zeit-alter des Proletariats haben sich denn auch die zuvor stabilen Produktionsmittel der Erde annähernd verhundertfacht, freilich reichen sie auch heute noch nicht entfernt für menschenwürdige Versorgung der zivilisierten Erdbewohner.

Eine sittliche Rechtfertigung des proletarischen Verhältnisses ist unmöglich. Hätte der wissenschaftliche, politische und polemische Sozialismus sich in einen ethischen verwandelt: er hätte die Kraft einer religiösen Bewegung gewonnen und sein Ziel erreicht. Sein Fehler war von Anbeginn, dass er von einer Interessenvertretung ausging und ausschließlich auf dem Wege des Klassenkampfes sein Recht suchte; zu einer Weltanschauung hat er sich erst nachträglich auszubilden bestrebt, und dies ist ihm nur halb gelungen. Denn ein Wesenskern lässt sich nicht nachträglich und gelegentlich angliedern; der Brennpunkt einer Weltanschauung kann nur religiös, das heißt von absoluten Werten gebildet sein, der wissensstolze Sozialismus aber bekämpfte allzu lange nicht bloß die Kirchen – das war sein Recht –, sondern die Religion, die er mit ihr verwechselte, deshalb waren seine Mächte nicht absolut bindende, jede Menschenbrust verpflichtende Ideale, sondern relative, mithin bestreitbare Forderungen, die ihr stärkstes Argument aus dem Interesse zogen. Interessen aber, mögen sie noch so gerechtfertigt, noch so massenhaft sein, können bewegen. nicht verpflichten; sie stärken die Gegeninteressen, statt sie zu entseelen.

An ihren Hörigkeitsverhältnissen gingen die Staaten des Altertums zugrunde, denn wachsende Unterschichten lassen sich nicht dauernd von selbstbeschränkten Oberschichten bändigen; nur ungeschichtete Völker, wie China, haben ein ewiges Leben. Die neue, unsittlichste von allen, die proletarische Schichtung, trug vom ersten Tage den Todeskeim im Herzen. Nicht innere Revolutionen, wie die Theoretiker des Sozialismus glaubten, konnten sie erschüttern, sondern äußere Umstürze in der Form von Weltkriegen. Der erste ist gewesen; an den Orten des geringsten Widerstandes musste er entbrennen und hier das Gebäude am tiefsten erschüttern. Noch nicht wankt es im Westen; dort werden sich noch jahrzehntelang die Stockwerke türmen. Doch es naht, trotz Völkerpolizei, der nächste Weltkrieg, den nicht wir entfachen, der aber mit um unseretwillen gekämpft werden wird; auch er entbrennt an den neuerlichen Orten des kleinsten Widerstandes, das heißt der Rückständigkeit und Ungerechtigkeit.

Die Mechanik der Ausklinkung, die Umsetzung sozialer Unhaltbarkeit in politische Kriegsnotwendigkeit war und wird die folgende sein.

An der politischen Trennung der Staaten, die sich restlos in eine Trennung der wirtschaftlichen, kolonialen, steuer- und zollpolitischen Machtbereiche umgesetzt hatte, hinter der die kulturellen Gegensätze verschwanden; an dieser willkürlich gesteigerten Zerreißung der Wirtschaft, die nach den Gesetzen der Mechanisierung Weltwirtschaft sein musste, Nationalwirtschaft nicht mehr sein konnte, hatten die bourgeoisen Oberschichten ein Interesse, die proletarischen Unterschichten nicht. Die Sozien eines Weltgeschäftes zankten sich und suchten sich zu übervorteilen, den unentbehrlichen Handlungsdienern und Packern konnte es gleichgültig sein. Trotz aller spitzfindigen Argumente vom Volkswohlstand – als ob der nur auf dem Wege der nationalen Konkurrenz zu heben sei – konnte dem Proletarier nichts daran liegen, ob mehr Millionäre in Fifth Avenue, in den Champs Elysées, am Hyde Park oder am Tiergarten lebten. Für den nationalistischen Weltbürger aber war es nicht in erster Reihe wichtig, dass die Schätze der Erde erschlossen würden, sondern dass sie durch sein Land und möglichst durch seine Firma erschlossen würden.

So musste die Revolution der Welt nicht im Innern der Staaten, sondern an ihren Grenzlinien entbrennen, an den

Orten der höchsten Spannung und des geringsten Widerstandes. Vom Völkerwanderungsdruck, der hinzukam, habe ich an anderer Stelle[1] geredet.

Ort des geringsten Widerstandes waren die slawischen und slawisierten Gebiete, Europas Mittel- und Ostvölker, die es ablehnten ihr Schicksal und ihre Verantwortung in die Hand zu nehmen, und im Schlummer der Scheinkonstitutionen verharrten und verdauten. Die Ursache aber war die Frage des Volkscharakters.

Noch einmal zurückgreifend auf das Rätsel der Volkscharaktere müssen wir im Auge behalten: Volkscharakter entsteht nicht durch arithmetische Addition der Einzelcharaktere. Die Gleichrichtung entscheidet; daneben nicht so sehr das geistige und sittliche wie das Willenselement.

Um das unerforschte Problem des Volkscharakters zu erfassen, möge man einen Vergleich durchdenken: Ein Tannenwald ist in einem Sinn ein Gebilde aus Fichtennadeln, doch wer nur die Nadel kennt, der kennt den Wald nicht und kann ihn auf keine Weise erraten.

Wir haben Innerlichkeit, Sachlichkeit, Fleiß, Pflichtgefühl, edle Erbteile der germanischen, der slawischen und der unbekannten Urseele. Haben wir Willen? Wir wissen es nicht. Wir hatten den Willen unserer Herren, glaubten ihm blind und führten ihn aus. Haben wir Willen, den gleichgerichteten, additiven, den unabhängigem, der nach innen als Volkscharakter, nach außen als Würde erscheint? Wir haben gehandelt als solche, die Mut und Zähigkeit, doch keinen Willen haben. Unsere Staatsverfassung war uns gleichgültig, wir beriefen uns auf Autoritäten, wir haben niemals revolutioniert, wir waren gute Untertanen und brave Soldaten. Die Urväter ließen sich von ihren Fürsten verkaufen, von ihren Herren prügeln und Kanaille nennen,

---

[1] „Der Kaiser", Schlusskapitel

küssten Rockzipfel und Schleppensäume und knirschten nicht, sondern glaubten daran. Wir kannten uns nur als Untergebene und Vorgesetzte und wunderten uns nicht, dass unser geistiges Land das einzige war, wo Menschen grob behandelt wurden und grob behandelten. Unter dem Zwang des strengsten Vorgesetztentums waren Pünktlichkeit, Ehrlichkeit, Gewissenhaftigkeit selbstverständliche Folgen, nicht freie Tugenden; das werden sie erst sein, wenn sie ohne Zwang wiederkehren. Was wir ohne Zwang sind, das wissen wir noch nicht, nach den Folgen der Kriegserschlaffung wollen wir nicht urteilen.

Wir haben den Krieg geführt, ohne zu fragen, warum. Dunkle Vorgänge in Serbien, eine russische Mobilisierung und das Gerücht von französischen Fliegern über Nürnberg genügten, um an vierfachen Überfall zu glauben. Das Untergebenenwesen lag uns so tief im Blut, dass Wille und Meinung der Vorgesetzten als Kriegsgrund hinreichten. Wehe dem, der sich erdreistete, auch nur weiter zu fragen! Ein offenes Geheimnis ist, dass die Mehrheitssozialdemokratie den Krieg billigen musste, weil die Massen von ihr hinweg zu den Vorgesetzten strömten und weil sie um ihre Reichstagsmandate zitterte.

Weil es uns am männlichen Willen, am Willen zur Unabhängigkeit und Würde fehlte, lebten wir im landesväterlichen, im obrigkeitlichen, im Vorgesetztenstaat, unter dem advokatorischen Schutz von Vereinsmeiern, Verbandesekretären und Parteigrößen. Weil wir in Unfreiheit lebten, hundert Jahre nach der Befreiung der Welt, waren wir, mit unsern östlichen Nachbarn, Ort des geringsten weltpolitischen Widerstandes. Deshalb entbrannte an unsern Grenzen die Weltrevolution. Deshalb hatten wir, die man draußen als Händler und Handlungsreisende, als Kellner und Barbiere, nicht als freie Bürger eines freien Staates kannte, die Welt gegen uns. Nicht, weil man uns beneidete;

denn die jüngeren, beneideteren, erfolgreicheren Amerikaner sind Schiedsrichter der Erde. Deshalb wurden wir zerschmettert.

So wurde, so war, so ist unsere Welt. Nun ruhen die Schalen des Schicksals. Politisch sind wir vernichtet, jene dringen unaufhaltsam empor. Ins Maßlose wächst ihre Macht und ihr Besitz, und reißt die Mechanisierung auf ihren höchsten Gipfel.

Wir liegen gefesselt am Boden, unser Elend hat kaum begonnen. In der Schmach wächst das Unrecht und beschattet uns so tief, dass die Besten verzweifeln.

Dennoch ruht die Waage mit unbewegten Schalen.

Denn immer noch liegt in der Tiefe unserer Welt das alte unbesiegte Unrecht, an dem die Völker sterben, das den ersten Weltkrieg verschuldet und uns zerschlagen hat. Unberührt wie die Höllenglut unter der Erdenkruste.

Nicht der gesättigte Individualismus des Westens wird den Abgrund erlösen, nicht der abstrakte Doktrinarismus und Orthodoxismus Russlands. Hier wird deutsches Werk gefordert.

Geschieht es, so ist der Krieg nicht gewesen. So ist die Erde nicht verteilt, der Lebensraum nicht verkümmert, die Fron der Rohstoffmonopole, des Boykotts und der Bußen nicht verhängt, der Riss der Weltwirtschaft ist geheilt. Aus Nationen werden Völker, der Polizeibund der Staaten wird zur Genossenschaft der bewohnten Erde. Das Weben der Völker ist nicht mehr Kampf, sondern Hilfe.

Mit welcher Gewissheit? Mit der Gewissheit, dass abgetanes Unrecht sich nicht mehr erneuern kann, und dass ein neuer und gerechter Geist und eine neue und gerechte Gesellschaftsform keine Landesgrenzen kennt.

Geschieht es nicht, so wird und bleibt Deutschland ein Balkanvolk unter Balkanvölkern und wartet mit den anderen auf Erlösung von Osten.

Ob es geschieht, ist Frage des Geistes, des Ethos, des Charakters. Ohne Willen und Würde, ohne bewusste Verantwortung und klar erkannte Sendung, im bloßen Bewusstsein gekränkten Rechts, tüchtiger Volksvermehrung und später Jugendlichkeit geschieht es nicht.

Die deutsche Revolution, die noch nicht war, und deren wir bedürfen, ist die Revolution der Verantwortung. Ihr Ziel ist: innere Solidarität des Volkes, Veredelung und Würdigung der Arbeit, Ausgleich des Lebensanspruchs, Aufhebung des proletarischen Verhältnisses, Verantwortung eines jeden für die Gemeinschaft, Verantwortung der Gemeinschaft für einen jeden, Wandlung der Herrschaft in Führung, der Unterworfenheit in Mitbestimmung und Führungsanrecht.

Diese Forderungen sind überwiegend geistig, wie denn jedes wahre Ziel der Menschheit ein geistiges Ziel ist. Freilich verlangen sie politische, wirtschaftliche und materielle Einrichtungen zu ihrer Verwirklichung, doch dürfen wir Deutsche niemals vergessen, dass Einrichtungen nicht Selbstzweck, nicht Ziele, sondern Mittel sind. Alle Orthodorie, zumal die russische, vergisst es; nach ihr wäre die Welt gerettet, wenn durch einen Zauberspruch an einem schönen Morgen das absolute System der mechanischen Gerechtigkeit verwirklicht wäre.

Sie wäre nicht gerettet. So wenig, wie eine Fabrik mit ungelernten Arbeitern, denen man die edelsten und empfindlichsten Werkzeuge über Nacht hinstellt, so wenig wie ein unzivilisiertes Land, dem man die vollkommensten Verkehrsmittel übergibt, so wenig wie eine ungepflegte Stadt, der man die prächtigsten Theater und Museen stiftet.

Die Handhabung von Einrichtungen fordert Geist, den gleichen Geist, der sie schafft: intellektuellen, ethischen und Willensgeist. Eine Wechselwirkung besteht: Die Einrichtung kann beitragen, den Geist zu entbinden – schaffen kann sie ihn nicht –, der Geist hingegen kann die Einrichtung schaffen, beseelen und erhalten.

Man hat es als das Verdienst des klassischen Sozialismus gerühmt, dass er die Gesellschaftslehre aus den Händen der ethischen Utopik riss und sie der sogenannten Wissenschaft, der materiellen Historik übergab. Ein genialer Griff aus der Zeit der Realpolitik Bismarcks würdig; Anstoß und Leitgedanke des fünfzigjährigen erzieherischen Klassenkampfes. Der Romantik war man ledig, doch der Glaube an den Geist, die ethische Schwungkraft war verloren. Das Weltgeschehen sollte mechanisch abrollen mit wissenschaftlicher Notwendigkeit: da bedurfte es nur der politischen und agitatorischen Schulung, das Bewusstsein wurde erzogen, nicht der Charakter. Hass war die treibende Kraft und Interesse das einigende Mittel, Einrichtungen waren das Ziel. Die Wirkung war gewaltig und unentbehrlich, eine mächtige Maschine, eine unüberwindliche und vorbildliche Partei wurde geschmiedet.

Allein diese Partei hat nur bürgerliche Geschäfte und Kompromisse gewirkt. Innerlich graute ihr vor ihrem Ziel, dem Umsturz, ja es graute ihr vor den einfachsten Anfängen der Macht, vor Majorität, Parlamentarismus, Republik. Als die Macht kam, stand sie hilflos. Soweit sie nicht gänzlich verbürgerlicht war, musste sie ihren kärglichen Gedankeninhalt russischen Improvisationen entnehmen.

Zu lange hatte sie sich als Politik, nicht als Geist, als Wissenschaft, nicht als Ethos gefühlt. Da half es denn nichts, dass man versuchte, ein System, das als berechenbarer Ablauf materiellen Geschehens gedacht war, zur Weltanschauung zu erheben; Zentralsonnen lassen sich nicht a posteriori einfügen. Hat man die Einrichtung ins Zentrum versetzt und allen Geist von der Wirtschaftsform abhängig gemacht, so dass er gleichsam nur den Zeiger des materiellen Uhrwerks bedeutet, so hilft es freilich nichts, an diesem

Zeiger zu rücken; er kann falsch zeigen oder brechen, doch nicht die Stunde beschleunigen.

Alsbald stellt sich dann die gelehrige Wissenschaft ein und verkündet die Unveränderlichkeit des menschlichen Geistes. Gewiss, Lachen und Weinen, Schmerz und Lust, Liebe und Hass, Zorn und Reue bleiben in Jahrtausenden unveränderlich: doch der sittliche, intellektuelle und voluntarische Geist wechselt nicht nur von Land zu Land, von Ort zu Ort, Haus zu Haus, er wandelt sich von Jahr zu Jahr, von Geschlecht zu Geschlecht.

Lebensweise und Gerät, Sprache, Gedanken und Kunst der Vorfahren werden fremd, kein Sohn versteht den Vater, kein Vater versteht den Sohn. Der Geist ist nicht starrer Zeiger des metallenen Werks, er ist nicht Feder, Gewicht noch Pendel, er ist der selbsttätige Schöpfer des Mechanismus, er formt sich selbst aus Erkenntnis und Erlebnis, und wiederum rückwirkend aus dem Werk seiner Hände, insoweit es Erlebnis ist und Erlebnis schafft.

Die Zeit, Einrichtungen zu schaffen, ist gekommen, somit heißt es, ans Werk gehen und es verrichten mit dem heiligen Ernst, als ob kein anderes Werk in Welt und Zeit wäre. Den Blick aber haben wir zu richten darüber hinaus in die Ewigkeit des Geistes, nämlich in unser eigenes Herz. Das Werk lebt nicht, wenn es gemacht, es lebt, wenn es gezeugt wird.

Vom Werk der Einrichtungen haben wir hier nicht lange zu reden, denn es ist in den früheren Schriften genugsam besprochen. Es ist ein vierfaches.

1. Die Wirtschaft ist so zu ordnen, dass an die Stelle der Anarchie der Organismus gesetzt wird. Das ist das Wesen der Neuen Wirtschaft. Bei gegebener Menge von Kraft und Stoff vervielfacht sie die Erzeugung und schafft jedem ein menschenwürdiges Dasein. Sie gibt dem Arbeiter sein gerechtes Maß an Muße und veredelt das Tagewerk, indem

sie den Handlungen zum Ordner und Aufseher eines geordneten Arbeitsprozesses erhebt.

2. Erziehung wird zur höchsten Aufgabe des Volkes. Sie liegt in den Händen auserwählter Menschen und führt einen jeden zu der Stelle und Leistung, die sein Wille erstrebt und seine Befähigung rechtfertigt

3. Die Ordnung des Güteranspruchs ist nicht Sache des Wirtschaftssystems, sondern der Vermögenspolitik. Die muss geschaffen und nach Grundsätzen der Gerechtigkeit, im Sinne der Aufhebung des Klassenbegriffs, bewusst geleitet werden. Kommunismus, auch nur restlose Verstaatlichung der Produktionsmittel, bleibt Utopie, solange die Landwirtschaft in. den Händen eines Bauernstandes liegen muss, und mehr denn je bedürfen wir eines starken Bauerntums. Vermögenspolitik aber hat in vier Richtungen zu wirken: Begrenzung und Besteuerung des Erbes, des Vermögens, des Einkommens und des Aufwandes.

4. Die Ordnung des Verantwortungsanspruchs. Diese Aufgabe, obwohl sie tief in das Wirtschaftsleben eingreift, ist keine wirtschaftliche, sondern eine politische. Sie umfasst in ihrem weiten staatsrechtlichen Umfang zwei volkstümliche Probleme, die man zu Unrecht als wirtschaftliche ansieht: das Problem der Sozialisierung und das Problem der Röte. Beide sind rein politisch und müssen in diesem ihrem Sinn erkannt und behandelt werden.

Inhalt des Verantwortungsanspruchs ist die Heranbildung und Anwartschaft zur Mitbestimmung und Führung im Leben der Wirtschaft, der Verwaltung, der Kultur und Politik. Der Anspruch steht auf Menschenrecht und Gerechtigkeit, auf Geistesbedarf und Klassenverneinung, er steht nicht auf Neid und Ranküne.

Dieser Anspruch, der ein sittlich-politischer ist, allein rechtfertigt die Sozialisierung, die zwar auf wirtschaftlichem Gebiet sich abspielt, doch, wie wir gesehen haben, ohne wirtschaftlichen Zweck ist. Denn sie erhöht weder die Produktion, noch macht sie den Staat oder den einzelnen reicher. Auch das Rätesystem wird zunächst weder den Staat noch die Wirtschaft fördern, eher beide belasten. Auch seine Rechtfertigung liegt im politischen Verantwortungsanspruch.

Sozialisierung gibt dem Mitwirkenden das Bewusstsein, dass er unmittelbar für die Gemeinschaft, nicht auf dem Umwege über das Interesse eines Unternehmers arbeitet. Das ist ein rein erzieherisches Prinzip; es kommt dem Vorstellungsvermögen der Massen entgegen, die auch in dem stärkst belasteten, ja praktisch erpropriierten Unternehmer den übermächtigen Feind erblicken. Eine wirtschaftliche Bedeutung hat die Sozialisierung, – es kann nicht oft genug wiederholt werden – auch wenn sie auf sogenannte reife Betriebe beschränkt bleibt, schon deshalb nicht, weil die Mehrwertrechnung falsch ist, und weil auf dem Wege der reinen Vermögenspolitik ohnehin, mit geringerer Erschütterung und ohne Kosten dem Staat der wesentliche Teil der Großwirtschaft ohnehin zufällt.

Das Rätewesen ist berufen, den westlichen Parlamentarismus abzulösen, dessen Bankerott, zum mindesten für Deutschland, durch die Nationalversammlung offenkundig geworden ist.

Wir waren parlamentsmüde, bevor wir Parlamentarismus kannten, doch hofften viele, eine echte Verantwortung werde die Substanz der Parlamente bessern. Das Gegenteil geschah. Wir sind so unpolitisch, unser Parteiwesen ist so tief in Biertisch- und Vereinsklüngelei, in den Kult von Ortsgrößen, Wirtshausrednern und öffentlichen Phrasendreschern versunken, dass allgemeine Volkswahl in mehrjährigem Abstand, von Parteimaschinen geleitet, Versammlungen zutage fördern muss, die tief unter der Ebene europäischer Parlamente stehen. Solchen Häusern und ihren beauftragten Ministern kann das Schicksal des Landes nicht anvertraut werden, ebenso gut könnte man es einer Börse der Vereine und Verbände überlassen.

Die Räte sind Wahlkörper, die dauernd lebendig bleiben, Fühlung mit den Massen behalten und auf Grund eines fortwährenden Wettkampfes ihre befähigteren Elemente in die jeweils engeren Körperschaften aufsteigen lassen.

Sie sind dem Parteiwesen zugänglich, dem starren Vereinswesen jedoch nicht unterworfen, Anciennitätsrechte der Trägheit und Beliebtheit finden nicht statt. Die Räte, in ihrer primitiven Entstehung und Form, in ihrer ungeschulten Methode und unzulänglichen Erfahrung haben in sechs Monaten in Deutschland mehr Initiative, eigene Gedanken und Richtkraft gezeigt, als die deutschen Parlamente in fünfzig Jahren, von der Komitragik der Nationalversanunlung zu schweigen.

Zu voller Bedeutung werden die Räte erst dann kommen, wenn das System der Fachstaaten ausgebildet ist, das ich im Neuen Staat geschildert habe.

So viel von Einrichtungen, und nochmals zur Revolution des Geistes.

Man sagt, eine gesunde, arbeitsame, pflichtgetreue Nation, eine Nation von sechzig Millionen, könne nicht untergehen. Warum nicht? Auch die indische, die einzige unterworfene Nation von Riesengröße, ist untergegangen; freilich hatte sie weniger Aktivität, ungezählte kleinere Nationen liegen zerschmettert am Straßenrand der Weltgeschichte.

Es kann gar nicht bestritten werden, dass sich ein physischer Druck denken lässt, der, alle inneren Eigenschaften zermalmend, die stärkste Nation als Nation vernichtet: etwa wenn ein Mittel gefunden würde, um ihren Boden auf ewig unfruchtbar zu machen. Der Volksstamm freilich ist nicht zu töten, er würde vermischt oder vom Boden losgelöst ein zweites Leben beginnen.

Wir kämpfen noch um unser Leben als Nation, und die wenigsten von uns wissen, wie hart dieser Kampf uns zugedacht ist. Kann er gewonnen werden, so nur durchs gewaltigste Anspannung des Geistes. Von Macht kann niemals mehr die Rede sein. Aus dem kleinen Kreise der Völkeroligarchie steigen wir nieder in den größeren Kreis des Völkerproletariats. Den großen Kampf der Erdenvölker gegen ihre unterdrückenden Beschützer, den Sozialkampf höherer Ordnung, der mit der Aufhebung des Nationalismus endet, so wie der niedere Kampf der Schichten mit der Aufhebung der Klasse endet, ihn werden wir, und mit geistigen Waffen, auf der Seite der Unterdrückten führen.

Ob wir als Nation leben und diesen Kampf führen, ob wir ihn führen als Führer, Mitläufer oder Geführte, ist Frage des Geistes.

Nach außen stellt es sich so dar: Unser Existenzrecht ist bewiesen, wenn wir erstens durch eine vorbildliche Ordnung von Staat, Gesellschaft und Wirtschaft die unerfüllte sittliche Forderung der Kulturvölker in uns erfüllen, wenn wir zweitens durch Umstellung von Wirtschaft und Verbrauch, vor allem durch unablässige Hebung der bäuerlichen Wirtschaft zu weitgehender Selbstversorgung schreiten und ebenso wenig auf das Gebettel um Rohstoff, Absatz und Kredit, wie auf die kahle Erwartung des Umsturzes im fremden Hause angewiesen bleiben. Nichts befestigt die ungerechte Ordnung der fremden Politik und des fremden Staatswesens so sehr wie der Blick auf die wirtschaftliche Misere und Begehrlichkeit der propagandierenden Umsturzländer.

Gewiss, wir können in sicherer Erwartung der Uneinigkeit unter unseren Unterdrückern den Weg des Lakaien gehen, der wartet, bis seine Herren sich zanken, der sammelt was abfällt, sich von jedem etwas versprechen lässt, mit seinem Gewinn davongeht, in der Vorstadt ein kleines Geschäft nach Art der Brotherren aufmacht, und in der Stille hofft, mit Schlauheit und Fleiß zum zweiten Mal und von hinten in die Gesellschaft der Großen einzudringen. Spricht man doch schon von Gemeinschafts- und Kommissionsgeschäften mit Frankreich zur Ausbeutung des Ostens.

Wenn wir diesen Weg des imperialistischen Abhubs gehen, so sind wir in republikanisch-sozialistischer Vermummung schlimmeres als wir waren; mag ein verelendetes Volk sich dann damit trösten, dass sein Schulze Minister wird, und dass Gesandtenposten nicht mehr Klassenerbteil sind.

Der andere Weg heißt Verzicht und Entsagung. Verzicht auf Macht, Ausdehnung, Imperialismus, Begnügung mit harter, ganz auf das Wesentliche gestellter Lebensführung. Abkehr von dem, was reizt und blendet, Verachtung des Käuflichen. Aufgehen in der Volksgemeinschaft, Bändigung der Interessen, Respekt vor dem Geistigen, Abwehr der Straße, des pöbelhaft Begehrlichen von rechts und links.

Dann werden wir, kühl und unbewegt wie bisher die Besten, die Berichte über letzte Bequemlichkeiten und Extravaganzen, Gründungen, Bauten, Zahlen und Massen in Chicago und London vernehmen, und wenn jene anderen uns begegnen, so werden sie sich fühlen wie eine aufgeregte Automobilgesellschaft, die sich auf einen einsamen Bauernhof verirrt.

Unser Anteil an der Welt aber wird der sein, der nach unserer Art und Natur uns zukommt, den wir verscherzt haben und wieder ergreifen: Gewissen, Recht und Geist.

Weit genug sind wir in Geist und Charakter unserer schwersten Zeit von diesem Wege getrennt. Der deutschen

Gefahr der Verpöbelung sind wir erlegen, auf großmäulige Kriecherei und Brutalität ist großmäulige Schamlosigkeit und Frechheit gefolgt, der Rest nationaler Ehre und Würde ist von uns gegangen, nach der Anmaßung blöder Gelehrsamkeit und ersessener Rechte kam die Anmaßung der Redensart und der Straße. Die Interessen spreizen sich wie je zuvor und haben sich mit hilfloser Spießigkeit verbündet, der gehässig-fanatischen Urteilslosigkeit der Leichtgläubigkeit ist die gehässig-fanatische Urteilslosigkeit der Ungläubigkeit gefolgt, dem Knechtssinn mit Autorität der Knechtssinn ohne Autorität, der Lüge von oben die Lüge von unten. Von rechts droht unfähige Versklavung, von links unfähiger Terror, in der Mitte herrscht unfähiges Interesse und emporkömmliche Behäbigkeit. Der Fluss ist festgefroren wie in der starrsten Zeit, alles schwatzt, jeder glaubt bestenfalls sich selbst, die Masse schwelgt in Phrasen, die Idee verhallt. Der Kriegsgewinn bläht sich, die gemeinste Lust pocht auf ihr Recht, so unflätig zu genießen wie die entlarvten Tugendwächter und Sittenschützer, jeder kennt die Schmach des anderen und speit ihm seinen Ekel ins Gesicht. Selbsterniedrigung und schaugetragene Minderwertigkeit tritt in die Rechte der alten Kraftverherrlichung, das Irrenhaus feiert in Lumpen seine Königsfeste.

Die Jugend der Städte, mit Recht empört, verstümmelt, um Jahre betrogen, wendet sich gegen die Väter, glaubt in Hass und Verachtung sich vom eigenen Blute loszukaufen, schäumt in unfruchtbarer Dialektik und teils wahrer, teils studierter Chaotik. Wer den Hut recht im Nacken trägt, ist ein echter Bolschewik und hat Anerkennung zu beanspruchen für alles, was er überwunden hat und ablehnt.

Wer den bestimmten Artikel weglässt, Latinität nachahmt oder aus Tier- und Pflanzennamen Zeitwörter bildet, zeigt Sprachgewalt. Bindestriche in den Wörtern Un-Recht und Ohn-Macht beweisen, dass man während der ganzen

Schulzeit den Wortsinn nicht geahnt hatte. Eine verkniffene und gehässige Menschenliebe tritt an die Stelle des früheren verkniffenen und gehässigen Patriotismus.

Aus Moden entstehen Ideen nicht, auch nicht, wenn Tiefsinn Mode ist. Abseits und einsam keimen auch heute die Kräfte der Jugend, die wir hoffen und segnen. Die Mode von morgen steht vor der Tür: sie wird rational, exklusiv, aristokratisch, minutiös und gepflegt das Ausland anbeten.

Es gehört wenig Herz und wenig Glauben dazu, auf das Grauen der Zeit und die Unart der Mode zu blicken und am Volk zu verzweifeln. Aber es ist ebenso leichtgläubig, zu sagen: Lasst nur, es ist Kriegsermattung und heilt von selbst, wie es frevelhaft ist, zu höhnen: Seht, das ist eure Freiheit! Kehrt zur Obrigkeit, deren ihr bedürft.

Nur Vorsehungsglaube, nur der Blick in die Vergangenheit und das Gesicht der Zukunft, nur die Gewissheit des eigenen Herzens kann das Vertrauen geben, dass unter dem sichtbaren Deutschland des Tages ein wahres und ewiges Deutschland ruht, das das Wunder der Wandlung an sich zu vollbringen vermag. Das sich aus eigener Macht verjüngt, wie jedes echte Geschöpf an jedem und Tage aus eigener Macht das Phönixopfer der Verjüngung an sich vollbringt, bis zu jenem Tage, wo es aus eigener Macht die Grenze überschreitet und zu vergehen scheint.

Not wird unsere große Helferin sein, Not, die uns hämmert bis zu dem Augenblick, wo der unedle Stahl zerspringt, der edle sich streckt, sehnig und geschmeidig wird. Es sind auch Anzeichen vorhanden. Gering, aber fühlbar.

Das Gewissen der alten Gewaltwirtschaft ist gebrochen. Ihr Brustton versagt. Sie spricht von Nützlichkeiten, nicht mehr von gottgegebenen Idealen. Die Macht ist verhandlungsbereit. Der Aufwand behauptet sich noch, eigensinnig der alte, herausfordernd der neue, doch nicht mehr in thronender, Anbetung fordernder Würde, sondern mit dem Ellenbogen und im Rückzug. Der Anspruch denkt nach, wird kleinlaut, lenkt ein.

Ja, es war wohl Unrecht im Spiel. Man hat das Gottesurteil angerufen, es ist gefallen.

Straßen, Häuser, Geräte sind verdreckt und schäbig, Menschen sind ungepflegt und grob, verhüllte Dinge kommen zum Vorschein. Es ist peinlich – ist es wesentlich? Einst schien es, das Wesentliche sei die Fläche. Heute nicht mehr. Auch Pünktlichkeit ist es nicht, auch nicht Point d'honneur und nicht Komment. Das Wesentliche liegt anderswo. Hier gabelt sich der Weg: entweder wir finden, wo es liegt, oder wir werden schlampig, faul, liederlich und bestechlich.

Die Menge hat hinter die Kulissen geblickt, sie sah die Macht zittern, die Weisheit sich zanken, die Unfehlbarkeit stottern, die Pracht sich schminken. Sie lässt sich nicht mehr dumm machen. Auch hier ein Gabelpunkt: Werden wir selbstbewusst und männlich oder großstadtfrech, ungläubig und zynisch?

Vor allem: Es geht um unsere Sache. Jedes Ding ist fragwürdig. Niemand darf mundtot gemacht werden. Jedes Gewissen ist aufgerufen. Jeder Kopf soll denken, jedes Herz soll urteilen. Jeder ist Schmied, seines Glückes, unserer Zukunft. Auch hier Gefahr. Werden wir in Projektmacherei ersticken, – werden wir den Blick für echte Ideen finden?

Noch mehr als das. Inmitten aller Brutalität, allen Misstrauens, Neides, Zwists und Hasses schwebt eine lichte Wolke des Friedens, eine Ahnung von gemeinsamem Leid, gemeinsamer Unterdrücktheit, von Verstricktsein, Duldung und Brüderlichkeit. Wir sind nicht gut geworden – Leiden macht manchen gut, Hunger macht viele bös –, aber wir sind näher gerückt. In allem Hader verstehen wir uns besser, bei aller Verstocktheit glauben wir uns mehr. Durch viel Erfahren sind die Menschen kindlicher geworden und durch vieles Zweifeln gläubiger. Es ist nur ein Anflug, doch ein Anflug von Licht.

Wir sind nicht zum glücklichen Leben geschaffen. Wir sind Kimmerer, Volk der Dämmerung. Wir haben eine zwiefache Heimat; die eine schwindet in der Sonnenhelle. Wir brauchen den langen Winter und den scheuen, zögernden Frühling. In der Dämmerung wächst unser Sehnen und unsere Seele. Die goldenen Städte liegen hinter Berg und Nebelwand. Unser maßloses Denken verlangt beengteres Leben. Im schrankenlosen Dasein sind wir nicht wir selbst, nur wo wir selbst sind, werden wir uns finden.

Solidarität bedeutet, dass wir uns jedes Gedankens entschlagen, als dürfe einer von uns dem anderen Mittel sein, als sei einer Seele Dasein mehr wert als einer anderen, als gebe es Stufen der Menschenwürde. Jeder ist für Alle, Alle sind für Jeden verantwortlich. Es darf kein Mensch einem Menschen unterstellt werden, an dessen Vollmacht er nicht unmittelbar oder mittelbar beteiligt war. Der Weg zu seiner Bestimmung darf nicht einem Menschen schwerer gemacht werden als einem anderen. Die Güter des Geistes und Lebens unterstehen keinem willkürlichen oder konventionellen Vorrecht.

Gerechtigkeit der Wirtschaft bedeutet, dass Wirtschaft nicht Privatsache, sondern Sache Aller ist. Vergeudung an Kraft, Stoff und Arbeit, unnützes Tun und Handeln, Produktion eitler, törichter und schädlicher Dinge, unerarbeiteter Vorteil ist Unrecht an der Gemeinschaft. Jeder Arbeitsfähige hat Pflicht und Anrecht auf Arbeit, jeder Arbeitsunfähige auf Versorgung. Jede Arbeitsleistung berechtigt zur Mitbestimmung, Arbeit ist Einordnung, nicht Abhängigkeit. Verbrauch ist nicht Sache des willkürlichen Genusswillens, sondern der Verantwortung, Verbrauch soll Lebensgefühl, Kraft und Geist heben, nicht den Menschen entwürdigen und die Gemeinschaft schädigen.

Gerechtigkeit des Staatswesens bedeutet Mitbestimmung Aller, Führung der Besten. Sorgfältigste Wahl der Führer und rückhaltloses Vertrauen. Nicht agitatorische Wahl in langen Zeitabständen, auf Grund phrasenhafter und nebelhafter Programme, mit Listen von Parteigrößen, Rummelpolitikern und Günstlingen, sondern Auswahl im Kreise enger und lebendiger Gemeinschaftsarbeit. Jeder wählt und bestimmt im Umkreis seiner örtlichen, fachlichen und geistigen Bezirke, sei es Betrieb, Ort, Land, Berufsgemeinschaft, Religionsgemeinschaft, Kulturgemeinschaft. Es gibt weder Diktatur noch Oligarchie noch Massenherrschaft, weder Obrigkeit noch Vorgesetztentum noch Klassenwesen, sondern selbstverwaltende Volksgemeinschaft in der Form des Fachstaates.

Mögen diese Sätze dem einen selbstverständlich, dem anderen geringfordernd scheinen: von ihrem geistigen Besitz sind wir weit entfernt. Zeitungsschreiber und Volksredner verlangen viel, Versammlungen und Frühstücksleser stimmen zu, aber das Volksgewissen bleibt verschlossen und bewilligt wenig, und den Fordernden bleibt die Verantwortung erspart.

Vergessen wir nie: Wir haben keine Revolution gemacht. Einen Heeresstreik, eine militärische Sabotage, eine parlamentarische Palastrevolte haben wir erlebt, und diese Dinge haben teilweise revolutionäre Wirkungen gehabt. Das Volk blieb politisch unbeteiligt, und die alten Männer herrschen in neuer Zusammensetzung.

Eine revolutionäre Bewegung ging seither nur von der Arbeiterschaft aus, aber sie blieb auf Berufsinteressen beschränkt. Die einsetzende Gegenrevolution der alten herrschenden Männer ließ ihr dieses Spiel einstweilen frei, im Übrigen täuscht sie die Massen durch ohnmächtige und irreführende Scheingesetzgebung.

Viele erwarten das Vordringen der revolutionären Flut

inmitten der gegenrevolutionären Ebbe dieser Tage. Wenn nicht äußere Ereignisse eingreifen, ist es bei der vielspältigen Indolenz des Volkes und seiner Gebildeten weit wahrscheinlicher, dass die Ebbe einem noch fernen, unerwarteten Tiefpunkte zustrebt.

Es mögen Zeiten kommen, wo man mit Verachtung vom Taumel mechanischer Volksbeglückung redet, die grenzenlose Überschätzung des Materiellen belächelt, wo man uns das Versorgungsglück stiller Bescheidung lobt und mit Entsetzen der wilden, vergeblichen und zerstörerischen Experimente, der, unreifen Augenblicksführer, der utopischen Hoffnungen gedenkt.

Gleichviel. Im Laufe des Jahrhunderts werden Ebben und Fluten wechseln, und keine Ebbe wird voll zurückgewinnen, was die letzte der Fluten entrissen hat. Denn die Flut kommt aus der Kraft des Rechts, die Ebbe aus Unkraft und Bequemlichkeit, Trägheit und Verneinung.

Täuschen wir uns auch darin nicht: Sehr wenig nur sind wir von dem verschieden, was wir bis 1914, nein bis 1918 waren. Nie hat es ein Volk gegeben , das zur Weltherrschaft völlig ungeeignet, sich so maßlos von Machtgedanken fortreißen ließ, so urteilslos an die Füße seiner Herren geschmiegt, von Mechanik, Waffenglanz und prussoslawischer Schneidigkeit umnebelt, sich gleichzeitig Dienerfreuden und Herrenlüsten hingab und jeden Befehl des uniformierten Machtphilisters vollführte. Und als der Haufe Schaum und Lüge platzte – gab es je ein zweites Volk, das so ohne Scham und Gram den Sturz in Wehrlosigkeit, Schmach und Verachtung, in Selbstauflösung, Unwürde, Bettelhaftigkeit und Unfreiheit ertrug und der Toten vergessend Feste feierte?

Sind wir so verächtlich, so müssen wir von der Erde vertilgt werden. Wer aber sein Volk im innersten lieb hat und im innersten begreift, der wird aus dem zwiefachen

Unwesen nicht doppelte Verdammung folgern, sondern Freispruch. Vor dem Sturz war der brüllende Servilismus zu oberst, nach dem Sturz der zynische. Die Seele des Volkes lag in schweren Träumen, machtlos, sich der Gifte zu erwehren, zu stark, um zu erliegen.

Noch sind die bösen Säfte nicht ausgeschieden. Es kommen Tage, wo man die alten Flitter der Macht- und Prunkzeit als Reliquien ausgräbt und den Kindern die Mordswunder zu Wasser, Land und Luft preist, und es kommen Tage, wo die Schmach der Flottenübergabe als Erlösung gefeiert wird. Das Volk aber denkt und fühlt in Aeonen; es wird alles, was geschah, als notwendiges Gesetz hinnehmen und gedenken, dass es nach fünfzigjährigem Zwischenspiel der Weltmacht seine Berufung wiederfand, die Berufung zum Geiste.

Wie sollten wir den hundertjährigen Abschied nehmen, wenn nicht mit glaubendem Herzen und um der Gerechtigkeit willen? Wie sollten wir scheiden von der Zeit des leichten Lebens und der Beweglichkeit, von dem jämmerlichen Glanz eines reichen, selbstbestimmenden Landes, vom Überschwang des Neuerzeugten, von farbiger Heiterkeit der Menschen und Dinge? In Herbst und Dämmerung, Ernst und Dunkel gehen wir auf hundert Jahre, in böse Kämpfe und harte Mühsal, wo Blut und Leben billig sind wie in alter Vorzeit. Nicht dumpf und ahnend wie die Väter treten wir in den dunklen Zeitraum, sondern wissend, wollend, hohen Hauptes. Sühne steht über der Pforte, und Wiedergeburt über dem Ausgang, den keiner erblickt von denen, die eintraten.

Alle schützenden Mächte, die Ehre der Welt, die unbefangene Sicherheit, das Selbstgefühl, das nationale Bewusstsein, selbst die bürgerliche Rechtlichkeit und Redlichkeit, haben uns verlassen. Kaum wissen wir, ob wir noch eine Nation sind, unsere Glieder sterben ab, ein

Friedensschluss, schändlicher, beide Teile entehrender als jeder alte und neue Krieg, bedroht uns, solange die Dämonen des Unrechts den Erdball in ihren Krallen halten, mit Volksfrohn und Achtung.

Wessen Blut durch Jahrtausende den Hass und die Pein der Völker aufsog und stillte, der fühlt die ungeheure Kraft der Liebe zum Leiden, der fürchtet nicht den neuen Sturz, quer vorüber vor allem was tröstet und stärkt, was schützt und sichert, was geachtet und geehrt wird, der erkennt mit Ehrfurcht die schreckliche Gewalt des Segens, der das irdische Erbteil verdampft.

Prometheus Deutschland! Auch wenn du niemals wieder von deinem Felsen dich entkettest, wenn dein dem Gotte verschuldetes Blut in Schmach und Schmerzen über die Erde strömt, leide, leide den großen Segen, der den Wenigen, den Starken erteilt wird. Ringe nicht mehr um Glück, denn dir ist anderes beschieden. Nicht Rache, nicht Einrichtungen, nicht Macht und nicht Wohlstand kaufen dich los. Sei, was du warst, was du sein sollst, was zu sein du niemals vergessen durftest. Sei gehasst und hasse nicht, sei verhöhnt und verteidige dich nicht.

Simson Deutschland! Dein Auge ist blind, deine Stirn ist kahl. Wende deinen Blick in dich, wende deine titanische Kraft gegen dich selbst. Du wirst die Säulen der Erde nicht zerbrechen, das Gericht ist nicht dein. Drehe die Mühle der Philister und singe das Lied Gottes.

Ahasver Deutschland! Du hast nicht Macht zu sterben. Deutsche Füße werden über die Erde ziehen und Heimat suchen. Du wirst ein bitteres Brot essen, und deine Heimat wird nicht deine Heimat sein. Von fremden Türen werden sie dich jagen wegen des Abglanzes in deinem müden Auge.

O du Deutschland! Geliebt in deinem törichten Wahn, zehnfach geliebt in deinem gottvergessenen Irren und Laster, zehntausendfach geliebt in deinem schmachvollen

Leiden, was weißt du von deinem Schicksal? Was weißt du davon, dass du um des Geistes willen da bist, um deines Geistes willen, den du nicht kennst, den du vergessen hast, den du verleugnest? Wehe dir! Um seinetwillen darfst du nicht sterben und nicht ruhen. Du bist verhaftet und verfallen, und wenn die Hände der Menschen dich loslassen, so fällst du in die Hände Gottes.

Wir, die wir nicht revolutionären Sinnes sind, die wir keine Revolution gemacht haben und eine geschenkt bekamen, wir, die wir nicht politischen Sinnes sind, die wir glaubenslos und unüberzeugt mit Politik und Weltmacht spielten und scheiterten, wir, die wir nicht für Erdengut geschaffen sind, uns blenden und berauschen ließen, satt und dumm wurden, wir gehen ein in das hundertjährige Armenreich der großen Revolution. Nicht um Glück zu ernten, sondern um das Gesetz zu erfüllen, das Gesetz der Wiedergeburt, der Erneuerung und Beseelung.

Die Revolution der Ranküne ist unser nicht würdig.

Die Revolution des Wohlstandes ist ein Irrtum und eine Nebensache.

Die Revolution der Verantwortung, der Menschenwürde, des Charakters und Geistes ist uns verhängt und beschieden.

In ihr verflechten sich die Wege der Einrichtungen und Gesinnungen Einrichtungen ohne Gesinnung sind haltlos. Sie schlagen um in ihr Gegenteil. Aus russischem Kommunismus wird tatarische Oligarchie. Gesinnungen ohne Einrichtung sind willensschwach und enden in spielendem Utopismus.

Was wir erleben und verwirklichen, ist ein Teil der ewigen Beugung des immerwährenden Weltbrandes, der die Stoffe umwälzt, um Geist zu entbinden.

Juni 1919

Apologie

Wer sein Glauben und Erleben zu Gedanken formt, wer die Gedanken, die ihm auferlegt sind, glaubt und erlebt, der ist in Gefahr, mit einer Zuversicht und Unbeirrbarkeit zu reden, die verletzt.

Warum verletzt sie, und wen?

Bis vor hundert Jahren, bis zur Vollendung der mechanisierten Weltordnung dachte das Volk in Dingen, nicht in Begriffen. Das Denken in Begriffen, das dialektische Denken und Reden war Alleinbesitz einer kleinen Zahl von Staatsmännern, Gelehrten und Literaten.

Seitdem die Berufe und Interessen abstrakt geworden sind, und mit Massen, mit Ordnungen, mit unsichtbaren Dingen zu tun haben, wurde das abstrakte, das dialektische Denken populär und erlernbar, die Sprache veränderte sich und wurde formelhaft und begrifflich.

Jeder kann heute theoretisch seine Interessen vertreten, eine Angriffs- und Verteidigungsrede halten, einen Zeitungsartikel schreiben, ein Projekt ausarbeiten. Wer einen Schreibtisch besitzt, hat ein Projekt darin liegen.

Nun weiß man, dass der Gegeninteressent die Gegenmeinung vertritt, mit gleichstarken Argumenten. Man glaubt daher an die eigenen Gedanken und glaubt nicht daran. Es scheint nicht so wichtig, dass sie wahr sind, als dass man sie durchsetzt. Das Denken wird fir und advokatorisch.

Die Wahrheit mag in der Mitte oder sonst wo liegen.

Begegnet man nun einem, der sein Denken bitter ernst nimmt und schlechterdings an seine Wahrheit glaubt, insofern als eine Seite der Erscheinung zutreffend und erledigend dargestellt wird, so betrachtet man ihn als einen böswilligen und eigensinnigen Verfechter, der die anderen für dumm hält oder dumm zu machen sucht.

Dass es ein Denken als Selbstzweck und Naturnotwendigkeit gibt, dem der Betroffene sich nicht entziehen kann, lässt man nicht gelten, es sei denn für entlegene und harmlose Wissenschaftsgebiete. Dass dieses Denken nicht eine Dialektisierung von Wünschen und Interessen ist, sondern die mühevolle und gewissenhafte Ausdeutung einer erschauten und erlebten Gesetzlichkeit des Seienden und Werdenden, scheint unfassbar. Dass solches organische Denken die rätselhafte Eigenschaft hat, sich zum geschlossenen Weltbilde zu runden, und das Vergangene mit dem Künftigen zu verbinden, was dialektisches Denken niemals vermag, das lässt man beiseite.

Dass dieses Denken als ein Naturerzeugnis einmalig und unerschöpflich, somit ungesucht original und dem Verstehenden Satz für Satz interessant ist, beachtet man nicht; oder man schiebt es auf die Darstellung, die man für geschickt oder bestechend erklärt, indem man vergisst, dass ein starker Gedanke niemals schwach und ein schwacher Gedanke niemals stark ausgedrückt werden kann.

Auch das übersieht man, dass ein einigermaßen umfangreiches Schrifttum eines einzelnen Menschen aus eitel Wiederholungen bestehen müsste, wenn es nicht aus Naturkraft, sondern aus Absicht entspränge, denn der normale Gedankenvorrat des Menschen ist nicht groß. Wie seine Sprache aus einigen hundert Wörtern besteht, so nährt sich sein Überlegen – nicht Denken – und Handeln von wenigen Erfahrungssätzen. Ein quellender Fluss aber lässt sich nicht erzwingen, er ist ein Segen und ein Fluch, er verzehrt das Leben, indem er die unablässige Arbeit des Ordnens und Gestaltens verlangt.

Das Gefühl für Qualität des Denkens ist verloren. Unbegreiflich! Denn es genügt, ein Buch aufzuschlagen und drei Sätze zu lesen: entweder erkennt man die Wortgefüge und Denkformen des dialektischen Marktes, oder man ist gefangen von der Melodie des natürlichen Gedankens.

Weil das Gefühl für Qualität des Denkens verloren ist, gibt es, dies sei im Vorübergehen gesagt, bei uns keine geistige Autorität, keiner glaubt dem anderen, jeder hört kaum auf sich selber, in der Anarchie des Geistes verrinnt das massenhafte Denken nutzlos.

Ich urteile nicht von der Qualität meiner Gedanken, sondern ich halte sie für wahr aus innerer Anschauung. Deshalb kann ich die Form, zu der sie sich gestalten, nicht ändern, sie bleibt apodiktisch. Darin liegt keine Überhebung, denn auch mein Kopf und meine Hände sind apodiktisch so, wie sie sind, und ich muss sie ihre Sprache reden lassen, ob ich will oder nicht.

Deshalb muss ich auf Gegnerschaft gefasst sein und bin es, ja ich ersehne sie, denn Erkenntnis und Verwirklichung gehen den Weg der Kontroverse. Leidenschaftlich wurde die Feindschaft seit den Jahren, als meine Schriften sich mit wirtschaftlichen Fragen befassen mussten. Mächtige Verbände und Vereine der Industrie und des Handels glaubten ihre Interessengebiete verletzt, ein gewaltiger Aufwand an Geld und Arbeit setzte ein, um durch Pressefeldzüge, Wanderredner, politische Agitation und massenhafte Druckschriften meine gefährlich erachteten Gedanken zu bekämpfen. Diese Kämpfe wurden durch den Krieg verschärft, durch die Revolution nicht beendet.

So gibt es heute wohl keinen zweiten Privatmann, über und gegen den so viel bedrucktes Papier im Umlauf ist, wie gegen mich, und wenn die Zahl derer groß ist, die meine Schriften lesen, so ist viel größer die Zahl derer, die davon reden, ohne sie gelesen zu haben, ja, die meine Worte und

Gedanken im Munde führen , indes sie den Urheber mit einer übernommenen Handbewegung und Redensart abtun. Die wenigsten wissen, von wem diese Urteilsgeberden stammen, und wem sie durch ihre Wiederholung dienen.

Ausländische Freunde, zumal aus Schweden, wo ich eine zweite geistige Heimat gefunden habe, wollen nicht begreifen, warum neun Zehntel aller Angriffe sich nicht gegen meine Gedanken, sondern gegen meine Person und vor allem gegen mein Privatleben richten. Sie meinen, dass es sonst in Europa üblich gewesen sei, nur das in der Öffentlichkeit zu erörtern, was sich in die Öffentlichkeit begibt, dass man gewohnt gewesen sei, die Leistung von der Person zu trennen, das Privatleben für unverletzlich zu halten und auf einer gewissen geistigen Ebene die Achtung vor dem Wollen und Schaffen des Gegners zu wahren.

Ich habe ihnen erwidert, dass ich neben meiner literarischen Arbeit einen bürgerlichen Beruf erfülle, wie es viele vor mir getan haben, dass dieser Beruf aber der eines Industriellen sei, dass bei uns nun einmal die Gewohnheit gelte, nicht zu fragen, was jemand darlegt, sondern was er damit beabsichtigt, dass somit mein bürgerlicher Beruf zur Aufklärung angeblicher Hintergedanken herangezogen werde, und dass von da aus das Interesse auf mein ganzes persönliches und häusliches Leben übergesprungen sein möge.

Die Freunde waren von dieser Erklärung nicht befriedigt, vielleicht weil sie mehr als wir im Deutschland der Vergangenheit leben. Mir aber kamen ein paar seltsame Erfahrungen in den Sinn: Ein Unternehmen ist gefährdet, wenn es in der Zeitung mit Klubsesseln in Verbindung gebracht wird, worunter kostspielige und widerlich bequeme Sitzgelegenheiten verstanden werden, und ein Bankdirektor vor Gericht ist von dem Augenblick an verloren, wo der Staatsanwalt zum ersten Male von der „prächtigen Villa" des Angeklagten spricht.

Man durchforschte also mein berufliches und häusliches Leben, indem man Auskunfteien und Detekteien, entfernte Verwandte, Angestellte, Hauspersonal, Geschäftsberichte und Grundbücher zu Rate zog, und fand Dinge, die man für genügend interessant hielt, um sie in abertausenden von Abdrücken zu verbreiten, die aber weder meine Gedanken entkräften, noch meine Person hinreichend verdächtigen konnten. Man durchforschte das Leben meiner Eltern und füllte Schriften, die gegen mich gerichtet sein sollten, mit lügenhaften Beschimpfungen meines verstorbenen Vaters.

Ich sagte mir: Entweder sind meine Gedanken stark, dann kann ihnen das Unwesen nichts anhaben, oder sie sind schwach, dann werden sie ohnehin zugrunde gehen. Ich glaube sie; andere, die ich für die Besten halte, glauben sie; die Zeit bestätigt sie: so wird ihnen wohl aus höheren Gründen der Weg des Kampfes beschieden sein. So ließ ich die Dinge laufen.

Schließlich fand eine Berliner Gruppe, der es aus politischen Gründen nicht darum zu tun war, meine Gedanken zu bekämpfen, sondern meine Person zu diskreditieren, die Formel: Der Mann lebt nicht seine Lehre. Der Einfall war gut; die Formel war so einfach und fasslich, dass sie dem Kenner und Nichtkenner meiner Schriften eingeprägt und ohne Beschwerde nachgesprochen werden konnte, sie enthielt ein kategorisches Urteil, das jede Erörterung, ohne sich in Einzelheiten zu verlieren, wirksam abschloss; sie hatte vor allem die erwünschte Kraft, jede Nachforschung nach Zügen meines privaten Lebens aus der Niederung des Klatsches auf die Höhe sachlicher Untersuchung zu heben.

Damit war ich erledigt. Wenigstens an den Stellen, wo Aktualität die Schicksale entscheidet. Ungefähr zu der Zeit, wo viele meiner politischen Voraussegen sich verwirklichten, entdeckte man, dass ich ein fünfzigjähriger Greis sei, ein überlebtes Fossil einer erstorbenen Epoche. Dass diese Erkenntnis im Quadrat der Entfernung von Berlin abnahm und sich jenseits der Grenzen, im befreundeten und neutralen Auslande in ihr Gegenteil verkehrte, lag offenbar an provinzieller Rückständigkeit.

Nun wurden Stimmen naher und ferner Freunde laut, zumal solcher, die nicht nur meine Schriften, sondern auch mein Leben kannten: sie verlangten Abwehr, nicht um meinetwillen, sondern um ihretwillen, denn sie bekamen es satt, ihre Überzeugung von gedankenlosen oder bezahlten Verbreitern abgegriffener Verleumdungsfloskeln betasten zu lassen.

Ich wünsche nicht verteidigt zu werden. Jeden, von dem ich wusste, dass er in anderem als gegnerischem Sinne über mich zu reden oder zu schreiben gedachte, habe ich gewarnt. Nun bin ich ihnen, denen ich in den Arm fiel, schuldig geworden, die Scheu zu überwinden, selbst zu schreiben, selbst mich zu rechtfertigen.

Scheu – warum eigentlich? Weil in meinen Berufen das gerechte Herkommen besteht, die Leistung reden zu lassen, nicht den Menschen. Daher das Vorrecht des Schutzes der Person und Häuslichkeit.

Auf dieses Vorrecht verzichte ich zugunsten derer, die sich meine Feinde nennen; ich verzichte auf das Recht, das jedem anderen zusteht, auf das Recht, nach meiner Arbeit, nicht nach meiner Person und meinem Leben beurteilt zu werden; ich bin entschlossen, in dieser Schrift von Dingen des Privatlebens und der Häuslichkeit zu reden, die ein Privatmann aus verständlichem Schamgefühl der Öffentlichkeit vorzuenthalten berechtigt ist.

Beschämung – freilich, auch dieses Gefühl empfinde ich, doch nicht so sehr um meinetwillen und um der Dinge willen, die ich zu sagen habe, sondern um meiner Freunde willen, denen es peinlich sein kann, mich in der Lage eines Menschen zu sehen, bei dem Haussuchung gehalten wird; Beschämung empfinde ich in die Seele des Zeitalters, das einem Menschen, der mit seinem Geist ihm dient und gedient hat, die Visitation des Leibes auferlegt.

Ein Bedürfnis der Rechtfertigung in dem Sinne, dass ich irgendjemand, geschweige meinen Angreifern, einen vorteilhaften Eindruck zu hinterlassen suche, empfinde ich nicht. Ich selbst habe, wenn ich meine Arbeit beiseitelasse, von meiner Person bestenfalls einen normalen, keineswegs einen vorteilhaften Eindruck. Es täte mir leid, wenn ich mich fortreißen ließe, eindringlicher zu plädieren, als es die Sache fordert. Ich trete, wenn auch mit persönlichem Material, für meine Arbeit ein, nicht für mich; die Frage, die zur Erörterung steht, ist einfach die: Werden, wie es meine Gegner behaupten, meine Gedanken durch die angebliche Zweideutigkeit meiner Person entkräftet oder nicht?

Es gab in meiner Jugend eine Zeit, wo persönlicher Zusammenhang mit der Öffentlichkeit mir nicht fernlag, wo ich glaubte, dass der Gedanke eines Vehikels bedürfe. Das nahm ein Ende, als ich meine Bestimmung erkannte, und erfuhr, dass nicht der kurze, sondern der lange Hebelarm die Dinge bewegt, dessen Endpunkt unter dem Druck einer Feder vibriert. Ich begehre nichts, was Menschen mir geben, und entbehre nichts, was Menschen mir nehmen können.

Noch weniger steht mir der Sinn danach, meinen Feinden, wie man sagt, eins auszuwischen. Ich kann ihnen nicht einmal, wie es sein soll, eine Schuld vergeben. Denn alles in allem genommen, schulden sie mir nichts. Abgesehen von Kränkungen meines Vaters, die mich geschmerzt haben, obwohl sie eigentlich nicht ihm gelten sollten, sondern mir, haben sie mich weit weniger verletzt als sie hofften. Geärgert haben sie mich ab und zu, am meisten, wenn sie ganz klare und einfache Dinge missverstanden; ihr grobes Schimpfen hat mir leid getan, aber nicht meinetwegen. Alles in allem haben sie mir wider Willen mehr gutes als übles getan, deshalb schulde ich ihnen mehr, als sie mir. Denn einem Schriftsteller ist es wichtig, zu erfahren, welche seiner Gedanken verstanden werden und welche nicht, welche Vorurteile und Interessen er verletzt, mit welchen Gefühlsabneigungen er zu rechnen hat, und es ist im Wesentlichen gleichgültig, in welcher Form er das erfährt.

Meine Feinde werden also nicht gekränkt werden. Im Gegenteil: Ich kann ihnen versprechen, dass diese Schrift ihnen ein gewisses Vergnügen machen wird.

Ein alterfahrener Politiker sagte mir eines Tages: „Man merkt, dass Sie keine politische Laufbahn machen wollen. Sie geben in Ihren Schriften durch unumwundene Urteile jedem Gegner beliebig viele Angriffspunkte. Unsereiner ist gebunden durch die Aufgabe, bei jedem Satz zu überlegen, ob und wie er gegen uns verwertet werden kann."

Das ist vollkommen wahr, und es wird meinen Feinden Vergnügen machen, zu sehen, wie sehr ich meinem Grundsatz treu bleibe. Jeder Abschnitt wird ihnen erwünschtes Material liefern; waren früher Bemerkungen über meine Person spärlich, so werden sie jetzt reichlich sein. Vor allem wird die Klangfarbe der Schrift ihnen nahelegen, dasjenige zu rügen, was in ihren Begriffen Unbescheidenheit und Anmaßung bedeutet.

Vor Unvoreingenommenen und Freunden brauche ich mich hierüber nicht zu erklären. Wer im Nebenmenschen nicht nur seines Gleichen, sondern die Stellvertretung des unsterblichen Geistes und der unverletzlichen Seele ehrt, dem ist die Leistung zwar eine Kategorie der Wertung, wie etwa Körpergröße, Brustumfang, Stärke, Scharfäugigkeit,

Gedächtnis, Augenmaß, jedoch nicht ein Gradmesser der menschlichen Würde.

Wollte ein Elefant, um eine Mücke nicht zu verletzen, sein Körpergewicht verheimlichen oder sich klein machen, so wäre das nicht nur eine plumpe Unehrlichkeit, sondern auch eine Beleidigung des Mitgeschöpfes, weil die stillschweigende, anmaßende Meinung zugrunde liegt, dass dieses Maß oder ein anderes über die Würde des Lebens entscheidet.

Dieser Irrtum ist die einzige Form der Anmaßung und Unbescheidenheit, eine andere gibt es nicht. Ein ehrlicher Elefant hat zu sagen: Ich wiege so und so viel Tonnen, brauche so und so viel Nahrung und die und die Bewegungsfreiheit, und damit basta. Er hat zu wissen, dass er damit nicht mehr und nicht weniger im Grundbuch der Schöpfung vorstellt, als jeder beliebige Floh, und die anderen haben zu wissen, dass mit seiner Masse gewisse Lebensansprüche verbunden sind, die ihm nicht vorenthalten werden dürfen, obwohl sie vor Gott gleichgültig sind.

Wie jeder Kaufmann seine Ware kennt, im Ganzen und im Einzelnen, so kennt jeder gesunde und ehrliche Geistesarbeiter seine Leistung im Einzelnen und im Ganzen, und zwar in dreifachem Maße: gemessen an ihm selbst, gemessen an anderen und gemessen am absoluten Anspruch. Er weiß, was ihm gelungen und was missraten ist, was das Einzelne wiegt, und was das Ganze wert ist. Wert: nicht in Mark und Pfennigen, sondern in Vergleichseinheiten seines Zeitalters. Das weiß er ganz genau, eine innere Stimme sagt es ihm, und wenn er sich ganz ausschließlich an das Urteil der Besten seiner Zeit hält, und dem Urteil der notorisch Urteilsunfähigen, wie es sich gehört, das umgekehrte Vorzeichen gibt, so findet er jedes Wort der inneren Stimme bestätigt.

Wer wider besseres Wissen seine Leistung für geringer ausgibt als sie ist, dessen scheinbare Bescheidenheit ist

Anmaßung und Geringschätzung des Nächsten. Ich fühle mich nicht unbescheiden, wenn ich meine Arbeit nach dem Wert einschätze, den sie für Zeit und Zukunft hat, mir bewusst bin, was ich dem absoluten Anspruch schuldig bleibe, jedes gutgläubige und befähigte Urteil achte, mir klarmache, dass der Geist zu seiner Verwirklichung sich eines sehr mäßigen Werkzeuges bedient, dass dem Werkzeuge hieraus zwar Verantwortung, Not und Sorge, zugleich aber Anspruch auf Achtung seines Wollens und Auftrages erwächst.

Zunächst sind einige Irrtümer zu erledigen, die, an sich von geringer Bedeutung, deshalb Schaden stiften, weil sie zur herkömmlichen Einleitung fast jeder Schrift herholten müssen, die über mich gedruckt wird.

Seit hundert Jahren bewegt sich ja unser Denken in den leicht erlernbaren und bequemen Formeln des Historismus, der das Wissen an die Stelle des Geistes setzt. Eine Tatsache, oder gar ein Mensch kann als Erscheinung gar nicht mehr erfühlt oder begriffen werden, er wird aus Voraussetzungen seiner Umwelt und Vorwelt derart abgeleitet und abgeleiert, dass nur noch ein Balg, gefüllt mit Folgerungen, übrig bleibt; dieses Verfahren hat nachgerade der Provinzreporter so gut am Schnürchen wie der Universitätsjubilar. Die Voraussetzungen aber werden so ausgewählt, dass wie in der Rechenfibel das Exempel aufgeht, ja wahrhaftig, das Exempel geht auch aus, wenn die Voraussetzungen falsch sind. Für mich gelten folgende drei Ableitungsformeln:

1. Ich kenne nur die Großstadt, nur Berlin, eigentlich nur Berlin W, denn dort bin ich geboren, dort habe ich mein Leben verbracht, dort bin ich verwurzelt.

Es ist wahr, seit mehr als hundert Jahren lebten meine väterlichen Vorfahren in Berlin, und im Hause meiner Kindheit waren die Überlieferungen der märzlichen Preußenzeit lebendig, so wie sie mein Vater in seinen knappen Aufzeichnungen schildert. Das Haus lag aber nicht im damals stillen Westen, den man Geheimratsviertel nannte, sondern in der Arbeitergegend des Nordens, in der Chausseestraße. Und hinter dem Hause, längs des Kirchhofes, lag zwischen alten Bäumen die Werkstatt, die kleine Montagehalle, die Gießerei und die dröhnende Kesselschmiede. Das war die Maschinenfabrik meines Vaters und seines Freundes, und die Arbeiter und Meister vom berühmten Schlage der alten Berliner Maschinenbauer waren freundlich zu dem kleinen Jungen, der sich unter ihnen herumtrieb, und erklärten ihm manches Werkzeug und Werkstück.

Fünfzehn weitere Jahre meiner ersten Lebenshälfte war ich auswärts, zwei Jahre auf Reisen, drei Jahre auf fremden Hochschulen, zwei Jahre als kleiner Beamter einer ausländischen Fabrik, sieben Jahre als Leiter eines Werkes, das ich anfangs der neunziger Jahre in entlegener, damals noch unindustrieller Gegend erbaut hatte.

Die letzten zehn Jahre wohne ich still und ohne Verkehr in einem Vorort, wo die Häuser aufhören und der gelichtete Kiefernwald beginnt, von der Stadt sehe ich Tag für Tag nichts anderes als den regelmäßigen Weg zu meinen Arbeitsstätten.

Mag man über diese Aufenthalte denken wie man will, für eine Milieuerklärung meiner Schriften, als seien sie bloße Ableitungen von Berlin W, sind die Voraussetzungen nicht gegeben.

2. „Ich bin im Überfluss aufgewachsen, ein Erbe von Stellung und Vermögen, verstehe nichts von Not und Sorgen der Anderen."

Die Überlieferung meiner Familie ist alt und geht auf beiden Seiten in frühere Jahrhunderte zurück. Meine vier Urgroßväter waren angesehen, zwei waren reich, der eine als Bankier eines kleinen Fürsten, der andere als preußischer Industrieller, zwei waren arm. Beide Großväter verloren ihr Vermögen, der eine beim Brande von Hamburg, der andere beim Ausbruch des siebziger Krieges. Mein Vater arbeitete sich empor, vier Jahre als Handwerker, dann als Polytechniker, Ingenieur und Maschinenbauer. In der Wirtschaftskrise von 1873 verlor auch er den größten Teil seines Vermögens, in den achtziger Jahren begann er als Elektriker von neuem, um sich und seinen beiden Söhnen eine Tätigkeit zu schaffen.

In Not bin ich nicht ausgewachsen, aber in Sorgen. Mit siebzehn Jahren absolvierte ich meine Schulzeit, mit dreiundzwanzig war Studium und Dienstjahr beendet, und ich ging in die Praxis. Von da ab habe ich, wie es in unserer Familie üblich war, niemals mehr eine Unterstützung meines Vaters beansprucht oder angenommen.

Sein Wirkungskreis hatte sich ausgedehnt und berührte fast jedes Gebiet der Elektrotechnik, die mein Fach geworden war. Ich wollte selbständig sein und flüchtete mich auf das unberührte Gebiet einer werdenden Technik, der Elektrochemie, arbeitete mehrere Verfahren aus und baute mit der finanziellen Hilfe von Bänken und fremden Industriellen vier Werke, zwei in Deutschland, eines in Frankreich und eines in Russland.

Um 1900 waren die Unternehmungen im Gang und gesichert, ich schwankte, ob ich mich mit meiner kleinen Ersparnis theoretischen Studien zuwenden sollte, und ging schließlich auf Wunsch meines Vaters und seiner Mitarbeiter in den Vorstand der AEG, um die etwas zurückgebliebene Aufgabe des Kraftwerkbaues zu betreiben.

Diese drei Jahre waren die einzigen meines Arbeitslebens, die ich im eigentlichen Machtbereiche meines Vaters verbrachte; sie nahmen ein rasches Ende, denn eine umfassende Transaktion, die ich in Gemeinschaft mit einem befreundeten Kollegen betrieb, und die mein Vater billigte, scheiterte an persönlichen Widerständen. Ich schied aus dem Direktorium der AEG und trat als industrielles Mitglied in den Vorstand einer Großbank. Meine weitere wirtschaftliche Tätigkeit hat für die Darlegung meiner Werdezeit kein Interesse.

Ein proletarisches Leben habe ich nicht geführt, das verhehle ich nicht und sehe darin weder Glück noch Unglück. Sorgen jeglicher Art habe ich kennen gelernt und an den Grenzen der Not mehr als einmal gestanden. Meinen Besitz habe ich durch eigene Arbeit erworben, er war minder beträchtlich als viele glauben, und des größten Teiles habe ich mich entledigt. Meinem geliebten Vater verdanke ich im Geist und Herzen das Beste, was ich habe; im Leben ließ er mich frei, und es war mehr sein Stolz als meiner, dass ich Besitz und Stellung ihm nicht verdanken musste. In seinem Sinne war es auch, dass ich auf den Ertrag seines Erbteils verzichtete; es wird, so viel oder so wenig die neue Gesellschaftsordnung davon belässt, den Aufgaben des Gemeinwohls zugeführt werden, für die ich es bestimme.

Ob aber meine industrielle Tätigkeit eine Scheinarbeit war oder ist, darüber mögen die Gegner, die es behaupten, diejenigen befragen, mit denen ich arbeite und gearbeitet habe, und dann ihren begierigen Lesern wahrhaftige Rechenschaft geben.

3. „Ich bin ein entlaufener Banklehrling, ein halbgebildeter Autodidakt."

Mit dieser Behauptung befasse ich mich nur deswegen, weil sie eine allgemeine Erwägung auslöst. Alle anderen Nachreden ähnlichen Kalibers lasse ich laufen.

Man hat ein Misstrauen gegen Autodidakten, als ob sie nichts rechtes lernen könnten: obwohl das geschriebene Buch, an dem sie sich bilden, nicht dümmer noch schlechter ist als die Kathederrede des Professors, die ihnen mangelt.

Warum? Weil Lernen nicht Geistesbildung ist. Sie ist organisches Lernen. Auch das Lernen muss gelernt werden. Methodologie. Ein Haufen Bausteine ist kein Haus.

Deshalb: Vorsicht mit Lehranstalten! Mehr denn je brauchen wir Volksbildung, weniger denn je brauchen wir Volksgelehrsamkeit. Wir sind nicht am Mangel, sondern am Überfluss des Wissens zugrunde gegangen. Unser Charakter hielt nicht Schritt mit unseren Kenntnissen und ihren Ansprüchen; wir redeten von Kultur, weil sie uns fehlte; wir waren unterrichtet, aber nicht gebildet.

Schafft Bauhütten der Bildung, Schulen des Charakters, Menschengärten! Charaktere müssen erziehen, nicht Gelehrte, nicht Astheten, nicht Dialektiker, und am wenigsten halbgebildete und hassverkümmerte Popularideologen.

Die deutsche Frage ist eine Charakterfrage.

Autodidakten, Allodidakten, Vielwisser, Wenigwisser, systematische und unsystematische Lerner: das sind wichtige Fragen, für uns nicht die wichtigsten. Sicheres, erfühltes Urteil; unvoreingenommenes Denken; unverkümmerte Phantasie; charaktervolles Entschließen: das ist, was uns nottut. Wir müssen frei werden von der Unflätigkeit des Bierhauses und der Spitzfindigkeit des Kaffeehauses, von der Frechheit des Zweckverbandes und dem Gebrüll des Vergnügungsvereins. Die schlimmste aller impotenten Eitelkeiten ist uns neuerlich beschert: Problematik um der Problematik willen, Dialektik um der Dialektik willen, Tiefsinn auf mechanischem Wege.

Von meinem Fall genügen wenig Worte. Ich bin kein Bankenlehrling, obwohl es mir genützt hätte, einer gewesen zu sein, als ich in die Leitung einer Bank eintrat. Autodidakt bin ich auf mehreren Gebieten, die ich nicht missen möchte. Mein eigentliches geistiges Handwerkszeug aber verdanke ich den großen Gelehrten, die mich unterwiesen und geprüft haben, es waren Mathematiker, Physiker, Philosophen, Historiker und Nationalökonomen. Vieles aus ihrer Schule habe ich vergessen und bereue es nicht; unvergessen bleibt mir die Lehre der Kunst, der Freundschaft, der Praxis, der Fremde, vor allem der Frauen.

So viel von falschen Voraussetzungen, und nun zur Hauptsache, den Beschuldigungen. Mit der schwersten beginne ich.

1. „Dieser Mensch lebt nicht seine Lehre. Sein Grundsatz ist: richtet euch nach meinen Worten, nicht nach meinen Taten."

Das erläutern die einen so: „Wer den Gedanken lebt, soll keinen bürgerlichen Beruf treiben. Wer die Mechanisierung bekämpft, soll ihr nicht dienen."

Die anderen sagen: „Wer zur Weltflucht rät, soll nicht im Überfluss leben."

Den ersten und umfassendsten Erläuterungssatz: „Wer den Gedanken lebt, soll keinen bürgerlichen Beruf treiben", halte ich für falsch. Ingenieure, Soldaten, Theaterdirektoren, Staatsmänner, Bankiers, Verwaltungsbeamte, Kirchendiener, Zeitungsschreiber, Handwerker, Rentner und Monarchen haben neben und in ihrem irdischen Beruf dem Geiste gedient und sind durch die Werke ihres Geistes unsterblich geworden. Die Lösung des geistigen Berufs vom handwerklichen und substantiellen ist jung, der Begriff des unabhängigen Künstlers, des berufsfreien Denkers ist im neuzeitlichen Europa kaum älter als zweihundert Jahre. Wahrscheinlich wird die künftige Gesellschaftsordnung eine absolute Trennung des geistigen und des substantiellen Berufes nicht anerkennen, sie wird zum mindesten den einen aus dem anderen sich entwickeln lassen.

Mit Recht. Denn die Entfremdung der Kunst vom Volke, des Geistes vom Leben ist die Folge der losgelösten Berufe. Was wir beklagen, was den Zusammenbruch des Landes verschuldet hat, was seinen Aufbau hemmt:

das Versagen im Begreifen der Zeit, der Mangel an konstruktiven Ideen, der Ausfall zweier Generationen des Denkens; – was ist schuld daran? Das aufbauende Denken, von gesättigten Berufen verjagt, hatte sich auf die Katheder, in die Parteikanzleien und Redaktionsstuben geflüchtet, und ging zugrunde, teils am Beamtengewissen verpflegter Professoren, teils am Tageslärm der Agitation und Kleinkampf der Interessen.

Fast ein Jahrhundert der Denkkunst ging verloren, weil das Leben sich nicht zur Sammlung fand und sich auf die Gelehrsamkeit verließ, und weil die Gelehrsamkeit über dem Forschen das Denken vergaß und vom Leben nichts wusste.

Hätten sich in Deutschland zwei Dutzend Geister in substantiellen Berufen gefunden, die ihren Beruf als das erfassten, was er ist: Schule und Bilderbuch der Lebensgesetze; hätten sie ihre Erfahrung und Denkfähigkeit dem Ziel dienstbar gemacht, dem sie gehören, dem Ideenaufbau des Landes, so wären wir nicht aus Gedankenlosigkeit und geistiger Trägheit, aus Verkennung unserer inneren und äußeren Bedingungen ins Verderben gerannt, so müssten wir nicht jetzt, in Überstürzung, in Volksversammlungen, in fieberhafter Projektmacherei, in öder Nachbetung des Auslandes den kümmerlichsten, zusammenhanglosen Gedankenvorrat erraffen.

Niemals kommt so eine wahrhafte deutsche Verfassung zustande, niemals eine gerechte Ordnung der Wirtschaft und Gesellschaft! Eher kommt uns aus Ideenlosigkeit die Reaktion über den Hals, und wie wir verspätet, unfreiwillig, durch feindliche Schläge in den Liberalismus und die Selbstbestimmung hineingetrieben werden mussten, so kann es geschehen, dass wir als letzte in die Lebensordnung der Zukunft gelangen, indem der Osten uns auf dem Wege des leidenschaftlichen und radikalen Umsturzes, der

Westen auf dem Wege des unidealistischen, verstandesmäßigen Staatssozialismus vorangeht.

Was ist es denn, das die Leser an meine Schriften fesselt? Sind es wirklich „bestechender Stil" und „geistvolle Einfälle"? Versucht es doch, mit solchem Zeug ein halb Dutzend Bände zu füllen, versucht es, einen kümmerlichen Gedanken mit Bildworten aufzublasen. Kein denkender Mensch erträgt das zwanzig Seiten lang. Oder ist es die kahle Neugier, zu wissen, was ein Industrieleiter über Gott und die Welt zu sagen hat? Die Neugier ist bald gestillt, und weder im innersten Deutschland, wo die besten Kenner meiner Schriften sitzen, noch im Ausland kümmert sich ein Mensch um die Nebenumstände meiner Person.

Was meinem Schreiben Kraft gibt, die eine, die es hat, das ist, dass es nicht aus den Fingern gesogen und nicht ergrübelt ist. Es ist erlebt und vom Leben geschenkt, im Leben stehe ich, weil ich Pflichten darin habe. Jeder mag es auf seine Art treiben; dass meine Art ein Unrecht ist, bestreite ich.

„Er bekämpft die Mechanisierung und dient ihr."

Das klingt plausibel und sehr bedenklich. Und es wäre ein schwerer Vorwurf, wenn es im Belieben stände, der Mechanisierung zu dienen oder nicht zu dienen.

Das, was ich in meinen Schriften Mechanisierung genannt und beschrieben habe, ist eine Weltordnung. Was man Kapitalismus nennt, ist eine ihrer wirtschaftlichen Seitenansichten.

Man mag sich zu dieser Ordnung stellen, wie man will: sich befreien von ihr kann keiner. Ich habe geschrieben: Wer in die Einöde geht und nichts mit sich nimmt als ein Buch, bleibt der Mechanisierung verhaften. An dem Buch hängt der Schweiß der Tausenden. Und wenn er auf den letzten Faden an seinem Leibe, auf den letzten Fetzen Papier verzichtete, nie eine Landstraße beträte und nie eine Postkarte schriebe, so bliebe er der mechanisierten Ordnung sein Dasein, seinen Lebensschutz, seine Herkunft und sein Wissen schuldig. Es ist kurzsinniger Selbstbetrug, wenn einer sich losgelöst wähnt, und während eine keuchende Welt für ihn arbeitet, sich als Naturkind träumt.

Ich bekämpfe die Mechanisierung nicht. Ich habe sie bloßgelegt als Folge übervölkerter Menschheit, als Abschnitt des Prozesses Mensch kontra Natur, als Urerscheinung. Ich habe ihre Schwächen dargelegt und gezeigt, wie der Geist sie bewältigen und zum Guten zwingen kann. Eine Naturkraft bekämpft man nicht, man wird von ihr überwältigt oder man beherrscht sie.

Gut, mag man sagen, ist die Mechanisierung unentrinnbar, ist sie ein Naturding, dem man sich einordnen muss: kann man ihr nicht etwas abzwacken, kann man nicht sein wie Crispin, der das Leder stahl, um es den Armen zu geben? darf man da stehen, wo die Mechanisierung am heißesten faucht?

Erst recht, sage ich. Ich hasse den Krieg, doch mehr hasse ich den Deserteur. Kann ich den Krieg nicht erwürgen, so helfe ich das Land schützen. Ein gestohlenes Gewissen gilt mir nichts.

So willst du es rechtfertigen, in einer Wirtschaftsordnung, die du selbst ungerecht nennst, ein Unternehmer zu sein?

Magst du, der du fragst, ein Rentner sein, der von den Erträgen des Unternehmens zehrt, oder ein Staatsbeamter, der es schützt, oder ein Proletarier, der ihm Arbeit leistet, dieweil er es bekämpft: Ich will es rechtfertigen.

In allen meinen Schriften heißt es: Herrschaft der Seele über den Geist, Herrschaft des Geistes über den Ungeist. Elend ist jeder Beruf, der den Geist an den Ungeist verrät, der nicht um seiner selbst willen, sondern um der Materie willen, aus Herrschsucht oder Gewinnsucht betrieben wird.

Das haben wir, denen an der Sache und am Werke lag, nicht getan. Der Beruf des Organisators – den Begriff des Unternehmers haben die Professoren nach kleinlicher Schablone auf ihn ausgedehnt – dieser Beruf war in einem greisenhaft verkalkten Staat der stärkste Ausdruck tätigen Willens, den die Zeit zuließ, er war schön und eines Mannes würdig.

Nicht der Organisator und sein Werk ist gescheitert, trotz allem, was man in Volksversammlungen sagen mag. Gescheitert ist die Gesellschaftsordnung an ihrer Ungerechtigkeit, und gescheitert ist die Wirtschaftsordnung, weil sie durch byzantinische und plutokratische Staatsleitungen an die sterbende Gesellschaft gekettet, weil sie durch korrupte Staatskunst zu borniertem Nationalismus, zu gierigem Imperialismus ausgeblasen wurde. Des Organisators und seines Werkes aber wird man in jeder neuen Form des Staates, der Wirtschaft und Gesellschaft bedürfen: denn immer entschiedener wird menschliche Arbeit sich zu geordneter, organischer Tätigkeit verdichten und anarchischer Willkür entsagen.

Diese Ordnung und Sammlung menschlicher Verrichtung lag dem Organisator ob; er konnte, was immer seine Überzeugung sein mochte, sie nur verwirklichen auf der vorhandenen Grundlage der Privatwirtschaft, und solange sie noch besteht, werden seine Methoden sich ihr anzupassen haben. Wird die herrschende Wirtschaftsform durch eine neue ersetzt, so wird organisatorische Kunst, nicht in ihrem Wesen, doch in ihren Anwendungen verändert, der künftigen Arbeit abermals ihre Wege weisen.

Was, in den Banden der Privatwirtschaft befangen, Organisationskunst leisten konnte und geleistet hat, war dies. In je einem Menschenalter hat sie den nationalen Wohlstand verdoppelt. Sie hat die Technik auf jene wunderbare und erschreckende Höhe gebracht, von der herab sie jede dürre Not in Fruchtbarkeit verwandeln konnte, stattdessen wirre

Unvernunft der Herrschenden sie als Fluch bringende Lawine zu Tale stieß. Sie hat zu tausenden neue Berufe und Verantwortungen geschaffen und den deutschen Namen jenseits der Meere achten gelehrt. Sie hat Städte und Länder besiedelt, Naturkräfte erschlossen, Wege gebahnt. Sie hat mittelbar und unmittelbar den dritten Teil der deutschen Menschheit ernährt.

Wenn künftige Wirtschaftsordnungen Gleiches oder Besseres schaffen können und schaffen wollen, so müssen sie abermals Organisatoren erziehen. Und diese werden, auch wenn sie nicht mehr notgedrungen auf dem Umwege über eine Klasse, sondern frei und unvermittelt der Gemeinschaft dienen, von uns, ihren Vorgängern und Wegmachern lernen. Geschichtsschreibung jener großen technisch-organisatorischen Epoche wird einsetzen, und je weiter man in der sozialen Meisterung der Mechanisierung fortschreitet, desto mehr wird man erstaunen über das, was die alten organisatorischen Eroberer dem kargen Boden und der anarchischen Wirtschaft abgetrotzt haben. Die Hohlheit der Epoche liegt vor Augen, doch das wenige, was sie an Geist und Willen besaß, hat sie in jene Kampfgebiete der Naturbezwingung und Organisation entsandt; wenig anderes wird von ihr übrig bleiben, als was sie dort errang, einschließlich der Werkzeuge, Mittel und Arbeitsweisen, die sie schuf.

Die scheidenden Arbeitsgenossen haben sich dieses Berufes nicht zu schämen, der Kühnheit, Raschheit, Kraft, Verantwortung, Phantasie und Urteil forderte. Wie anders wurde gearbeitet als in der Politik, wo vor Planlosigkeit und innerer Reibung nur die Gegenkräfte wirkten, wie anders als in unserer Übergangszeit, wo vor Gerede und Abstimmung nichts zustande kommt. Wem das dreifache verhängt war: in der Höhenzeit der Mechanisierung zu leben, einen starken Willen zu haben und schaffen zu wollen, der musste und durfte ein Gestalter der Wirtschaft sein.

Ich habe ein paar Tausend Druckseiten im Lauf des Lebens geschrieben: nicht weniger, denn Gedanken lassen sich nicht ersticken; nicht mehr, denn mehr ist mir nicht eingefallen. Das macht, da jede Seite etwa eine Arbeitsstunde kostet, für die Niederschrift kaum drei Arbeitsjahre; die Zeit der Beugung und Empfängnis zähle ich nicht, denn die hört nicht auf, sie lässt sich nicht fördern noch dämmen. Drei Jahre auf dreißig sind nicht viel, und die haben Unrecht, die ausrechnen, für meinen bürgerlichen Beruf könne keine Zeit geblieben sein. Das zu beurteilen sind meine Mitarbeiter zuständig, deren Zahl groß ist. Ich aber weiß: Von meiner bürgerlichen und literarischen Arbeit schuldet die eine der anderen so viel wie die andere der einen. Davon später.

„Er lehrt Weltflucht und Entbehrung und lebt im Überfluss."

Den Primat des Geistes habe ich gelehrt, und wie es sich gebührt, das Schaffen vor das Genießen gestellt. Die kommenden Dinge beginnen mit den Worten: „Dies Buch handelt von materiellen Dingen, doch um des Geistes willen; dem Geiste sind die materiellen Reize dienstbar, doch wo ist gesagt, dass sie verächtlich und fluch-würdig sind? Habe ich die Neue Wirtschaft geschrieben, um Armut zu verbreiten, oder Wohlstand? Den Schund, den Tand, die schädliche, nichtige, törichte Produktion, den schmählichen Aufwand, den gemeinen Luxus, die niedrige Schaustellung habe ich verurteilt: doch wo in meinen Schriften findet sich eine einzige Zeile, die Entbehrung, Armut, Weltflucht fordert? Welchen Sinn hätte es, für die Steigerung der wirtschaftlichen Leistung, für Hebung des Wohlstandes, für sinnvolle Verteilung der Güter, ja überhaupt für irgendeine Ordnung der Wirtschaft und Gesellschaft zu kämpfen, wenn Armut oder Weltflucht das Ziel wäre?

Nun zu meiner Lebensführung, die man in Gegensatz zu meiner Lehre zu bringen sucht. Auf die Einnahmen, die mir nach Recht und Herkommen der bestehenden Wirtschaftsordnung aus meiner Arbeit zustanden, habe ich nicht verzichtet, und mit klarer Überlegung. Denn sie wären unter der Herrschaft eben dieser Wirtschaftsordnung nicht dem Gemeinwohl zugeflossen, sondern physischen und juristischen Personen; sie wären willkürliche Geschenke gewesen an Privatleute, und zwar fast durchweg an solche, die sie nicht nötig hatten.

Was nach Bestreitung eines maßvollen Verbrauchs geblieben ist, betrachte ich als anvertrautes Gut der Gemeinschaft, und das einzige, das ich der Wirtschaftsordnung, solange sie noch besteht, entnehme, ist dies, dass ich mir Formen und Zeitpunkte der Verfügung für das Gemeinwohl vorbehalte.

Mein eigener Aufwand aber ist nicht groß. Er ist so bemessen, dass er die Arbeitskraft auf normaler Höhe hält, und bewegt sich etwa in den Grenzen, die für jüngere Prokuristen industrieller Werke gelten. Mein Leben ist Arbeit, und meine Erholung sind Bücher, zuweilen ein Spaziergang, ab und zu Musik. Gesellschaftliches Leben kenne ich seit meiner Jugend nicht mehr, Orte der Unterhaltung und des Vergnügens besuche ich nicht, und wenn man Gepflogenheiten von mir verlangte, die man als Repräsentation bezeichnete, so musste ich lachen, denn ich kann mir nicht denken , dass Arbeit durch etwas verbessert wird, das ihr widerspricht. Mein Haus ist bürgerlich anständig und wird von zwei langjährigen Hausgenossen besorgt. Soll ich nun von leiblicher Notdurft reden? Ich denke, das lassen wir.

So sieht also der Mensch aus, der seiner Lehre ins Gesicht schlägt, der Wasser predigt und Wein trinkt, der Entsagung lehrt und im Überfluss lebt, der sagt: Richtet euch nach meinen Worten, nicht nach meinen Taten.

Doch ich will es mir nicht leicht machen. Ich will nicht, dass der Leser mir zu willig folgt, dass er sich überredet fühlt, und dass nach dem Lesen ein Untergedanke haften bleibt.

Vielleicht ist es dieser: Trotz allem wünschte ich, dass ein Mensch, dessen Geistesleben ich vertraue, außerhalb alles bürgerlichen Lebens stehe, dass er vollkommene Armut freiwillig auf sich nehme, dass er als ein Sendbote unter das Volk trete und von Mund zu Mund, Aug' zu Auge, Herz zu Herz, Hand zu Hand, Erkenntnis und Fühlung, Leben und Not mit seinem Nächsten teile.

Wer ist so stumpf, nicht zu erkennen, dass dieses Leben das wahrhaft höchste und seligste sei? Wer hätte nicht in seinen kühnsten Stunden sich gefragt, ob er würdig und ausersehen sei, es zu führen? Tolstoi hat es ersehnt und verfehlt, und ein wundervoller Tod hat seine beiden kämpfenden Naturen überwölbt.

Diese beiden Naturen möchte ich die enthusiastische und die apodiktische nennen. Die eine reißt fort durch ihr Dasein, durch das erkennbare Gesetz ihrer Existenz, die andere verliert sich hinter ihrem objektiven Inhalt, sie wirkt nur mittelbar durch die offenkundige Notwendigkeit des ihr verliehenen Gedankens. Die eine gipfelt im vollendeten Lebenslauf, in der zwingenden Berührung, in der Erscheinung und Offenbarung des Heiligen: Sinn und Verkörperung lassen sich nicht sondern; die andere wirkt im losgelösten Schaffen, in der Objektivation: das Werk hat die Neigung, anonym zu werden und sich von seinem Ursprung zu trennen.

Die enthusiastische Natur kann sich über sich selbst nicht täuschen. In der Gewalt ihrer leiblichen und seelischen Kräfte steht sie da, und wo sie steht, da strömen Kräfte von ihr aus, die keines vermittelnden Werkes und Gedankens, kaum des Wortes bedürfen, das Leben selbst formt sich zum Wunder und zur Offenbarung, und der von ihrem Blick berührte Mensch fühlt sich ins Herz getroffen.

Die apodiktische Natur wird vom Werke gleichsam aufgeflogen. Nicht unmittelbar in die Welt, sondern in das

Werk stürzen sich ihre geistigen und leiblichen Kräfte, und das Werk wiederum, kraft seiner übermäßigen Konzentration, kann nicht unmittelbar in die Welt wirken, sondern es bedarf wie alle stärksten Essenzen der Vermittlung und Verdünnung.

Tolstois Irrtum war, dass er nicht dem erfühlten Gesetz seiner Natur folgte, seine physischen Kräfte nicht ermaß, sondern einer theoretischen Idee gehorchte, die seinen künstlerischen und denkerischen Schöpfergeist verwarf, um die schwachen Kräfte des Enthusiasmus emporzutreiben. Hätte er die geprüft – eine wahrhaft enthusiastische Natur bedurfte der Prüfung nicht –, so wäre ihm klar geworden, dass die ersten Grundbedingungen fehlten: unwiderstehliche Leibeskraft, Überschwang und die tiefe Freudigkeit des Optimismus.

Wer aber das Leben der enthusiastischen Natur nicht aus unbewusster Notwendigkeit von selbst und von Anbeginn ergreift, sondern aus bewusstem Wollen, wo nicht gar aus Absicht erstrebt, der tut sich Gewalt und handelt wider den Geist. Nie hätte ein vollkommen klarer Geist wie Spinoza das apodiktische Gesetz seiner Natur verkannt; während wiederum ein kleinerer, doch rein enthusiastischer Geist wie Walt Whitman jede Schranke zwischen sich und der Umwelt zerbrach.

Das eigentlich Prophetische aber ist an keine der beiden Naturen gebunden; es besteht darin, dass das Weltgeschehen sich im Menschengeiste ohne eigenes Zutun mikrokosmisch nachbildet, so dass an die Stelle der Beobachtung die Selbsterforschung, an die Stelle des Wissens das Schauen tritt, und Vergangenheit und Zukunft nur mehr verschieden gerichtete Betrachtung des gleichen inneren Bildes darstellen.

Indem ich den Blick auf den gesamten Umfang dieses seltsamen Problems zu richten suche, erledigt sich die

Anwendung auf die in weitem Abstande verschwindenden eigenen Verhältnisse von selbst, und die gestellte Frage kommt nicht mehr in Betracht.

Überhaupt folgen jetzt kleine und nebensächliche Dinge, denn meine Gegner lieben das Detail, und statt rundweg zu erklären, dass ich ihnen missfalle, und dem Leser die Entscheidung zwischen ihnen und mir zu überlassen, wiederholen sie beständig eine Anzahl von Anstellungen, die, wenn sie wahr wären, nichts anderes bewiesen, als dass ich Schwächen habe. Dafür hätten sie nun freilich keine Beweise nötig, und noch weniger bedürfte es von meiner Seite einer Erwiderung. Doch weder ich noch meine Leser können uns mit falschen Formeln zufrieden geben, die einer gedankenfaulen und urteilsüchtigen Zeit die Mühe abnehmen sollen, sich mit notwendigen Problemen zu befassen, und es ihr leicht machen sollen, eine Frage nach meinen Schriften oder eine Erwähnung meines Namens mit zwinkerndem Lächeln, bedauerndem Achselzucken, überlegenem Tonfall oder abwinkender Handbewegung abzutun, wie es in Kreisen gewerbsmäßiger Standpunktüberwinder üblich ist.

Ich hoffe nicht, dass meine ausländischen Leser, wenn sie erfahren, mit welchen Anschuldigungen ein deutscher Schriftsteller sich abzufinden hat, uns für kleinlicher halten als wir sind. Sie mögen sich daran erinnern, dass es sich um einen Sonderfall handelt, insofern, als die Angriffe zum großen Teil nicht aus literarischer Befehdung hervorgehen, sondern von kapitalkräftigen Interessentengruppen finanziert sind.

Solches Vorgehen war bisher bei uns nicht üblich – daher seine erstaunliche Wirkung –, es soll aber jenseits des Wassers nicht unbekannt sein.

2. „Freienwalde. Philosoph und Schlossbesitzer. Er besitzt ein Schloss! Ein königliches Schloss! Und" – so

setzen wohlwollende und aufrichtige Menschenfreunde hinzu – „er hat sich im Kaufvertrage dieses königliche Beiwort verbürgen lassen."

Ein schwerer Vorwurf, trotz Voltaire und Humboldt. Ich erinnere, was oben von der „Villa des Angeklagten" gesagt ist. Wir werden sehen, wie es sich verhält.

Im Jahre 1909 wünschte der preußische Kronfiskus sich einiger Liegenschaften zu entledigen; eine davon war das Schloss Freienwalde, Witwensitz der Gemahlin Friedrich Wilhelms II., ein einstöckiges Landhaus von fünf Fenster Breite und vier Fenster Tiefe, inmitten eines mäßigen Parkgrundstücks am Rande der Stadt Freienwalde gelegen.

Ein Freund führte mich hin, weil er wusste, dass ich die Bauweise des preußischen Klassizismus liebe, die damals kaum dem Namen nach bekannt und wenig gewürdigt war. Die schönen Verhältnisse des Gebäudes verrieten, und Nachforschung bestätigte, dass es von David Gilly, dem besten Architekten der Zeit stammte; eine Erneuerung aus den fünfziger Jahren hatte die Bauflächen verdorben. Bei aller Entstellung und Verwahrlosung ließ die Einrichtung erkennen, dass unter verhüllenden Anstrichen und Zutaten der alte Hausrat erhalten war.

Ein Reflektant hatte sich, wie man mir sagte, gemeldet; er wollte den Park parzellieren, das Mobiliar verkaufen und das Haus einer Behörde, ich glaube dem Amtsgericht, anbieten. Eines der letzten Werke aus Preußens eigenartigster Bauzeit, bescheiden, doch außen und innen wohlerhalten, stand vor der Vernichtung.

Ich erwarb das Haus, um es zu retten, und habe es in sorgfältiger Arbeit im Laufe der Jahre wieder hergestellt; manches abhanden gekommene wertvolle Gerät konnte zurückerworben werden, was in den Schmähschriften so gedeutet wird: „Ich habe das Schloss mit Antiquitäten und falschen Ahnenbildern angefüllt."

Bei Kennern der Baugeschichte gilt heute Freienwalde als eines der merkwürdigsten Denkmäler der nachfriderizianischen Epoche, zahlreiche Veröffentlichungen sind darüber erschienen, und sein Einfluss auf Bauten und Einrichtungen der letzten Jahre ist erkennbar. Haus und Park sollen unverändert der Zukunft und der Gemeinschaft erhalten bleiben; die Stiftung, die für den Besitz und seine dauernde Verwaltung zuständig ist, wurde im Laufe des Krieges errichtet. Ich will nicht verschweigen, dass ich mich berechtigt halte, jährlich einige Sommerwochen in Zurückgezogenheit dort zu verbringen, und dass eine Reihe von Schriften, zumal der größere Teil der kommenden Dinge dort entstanden ist.

3. „Ich bin von maßloser Eitelkeit. Beweis: Ich habe in meiner Schrift über Deutschlands Rohstoffversorgung fünf Briefe des Reichskanzlers und der Kriegsminister veröffentlicht. Sodann: ich rede von mir selbst abwechselnd mit übertriebener Bescheidenheit und mit Überhebung."

Die Schrift erschien zuerst als Privatdruck und enthielt die Dankschreiben nicht. Der öffentlichen Ausgabe habe ich sie beigefügt, ungern und aus folgendem Grunde. Die gleiche Gruppe, die mir heute mangelnde Bescheidenheit vorwirft, hatte unter der Hand und in verbreiteten Druckschriften ausgesprengt, ich hätte meine Stellung im Kriegsministerium missbraucht, meinen industriellen Gesellschaften Aufträge zugeführt, mich persönlich bereichert um Beträge, die zwischen zehn und vierzig Millionen schwankten, und sei daher aus dem Ministerium entfernt worden.

Als die Schreiben der Minister erschienen und überdies das Kriegsministerium eine Erklärung veröffentlichte, ließ man die Beschuldigungen fallen, hielt sich dafür aber an meiner Eitelkeit schadlos. Die Franzosen haben einen Vers: cet animal est très méchant, quand on l'attaque il se défend.

Mit meinem Selbstbewusstsein aber hat es folgende Bewandtnis. Ich kenne meine Schwächen und Unzulänglichkeiten sehr genau, ja ich glaube sie besser zu kennen als meine Gegner und bin gegen mich selbst nicht milder als sie. Deshalb lege ich wenig Wert auf meine Person und das, was an ihr liegt und hängt. An die Wahrheit aber, die mir ohne Verdienst und Würdigkeit geschenkt ist, glaube ich, weil ich sie weiß. Wüsste ich sie nicht, so dürfte ich sie nicht aussprechen. Ließe ich hier aus Bescheidenheit mit mir handeln und markten, so wäre das ein Kompromiss und eine Unehrlichkeit. Das werden freilich die nicht verstehen, die von Wahrheit nichts wissen und nichts wissen wollen, sondern ihren Namen missbrauchen.

4. „Ich bin von unheimlichem Ehrgeiz und daher gefährlich."

Es schiene mir einer meiner kleineren Fehler, wenn ich ehrgeizig wäre. Allerdings wäre in meinem Falle der Ehrgeiz mit einem anderen, erheblich größeren Fehler verbunden, auf den aufmerksam zu machen meine Gegner nicht hätten unterlassen dürfen: nämlich mit einer geradezu katastrophalen Dummheit. Denn ein hoffnungsloserer, mit ungeeigneteren Mitteln arbeitender Ehrgeiz hätte sich wohl in preußischen Landen nicht denken lassen als der eines außerhalb der christlichen Konfessionen Stehenden.

Meine Verbundenheit mit dem Judentum, die mir von den Tadlern meines Ehrgeizes in einem Atem vorgeworfen wird, war stets eine geistige. Die Synagoge band mich nicht. Wenn ich von jeher in einer für den preußischen Staat so anstößigen Weise auch die äußere, konfessionelle Zugehörigkeit betonte und angebotene Kompromisse schroff abwies, so lag darin nicht eine Vorliebe für irgend eine jüdische Kirchengemeinschaft – die ich aus dem Wesen der Religion ablehne –, sondern ein politischer Protest gegen die verfassungswidrige Unduldsamkeit des Staates.

Eine dreißigjährige Streberei auf dem Wege des anstößigsten Protestes, verbunden mit radikaler Ablehnung von Anstellungen, Ehrenämtern und Titulaturen – das scheint mir selbst nach dem Maße des bescheidensten Assessorismus eine derartige Talentlosigkeit, dass meine Gegner daran nicht dauernd vorübergehen sollten, wenn sie meinen Ehrgeiz beklagen – es sei denn, dass sie es für gefährlich halten, mich auf meine taktischen Fehler aufmerksam zu machen.

Da ich aber mein Verhältnis zum Judentum berührt habe, und abermals Missverständnisse von dieser Seite befürchten muss, so füge ich ein offenes Wort hinzu.

Mein Herz hängt am Deutschen Volke und am deutschen Glauben. Dieser Glaube aber ist kein anderer, als der Glaube des westlichen Morgenlandes, der Glaube vom Sinai und von Galiläa, nicht die Konfessionen von Rom und Konstantinopel, von Genf, Wittenberg und London. Es verschlägt nichts, dass dieser Glaube von Deutschen und Juden nicht geglaubt wird, es genügt, dass Deutsche und Juden ihn zu glauben bestimmt sind.

Nur die geistige Gemeinschaft des Judentums ist frei von Dogmen und Mythen, sie ist reiner Geist, ihr Bekenntnis sind die vier Worte der Gottesverkündung, ihr einziges Gebot ist das Wort Ahabta, „du sollst lieben". Dem reinen Gottesglauben war es bestimmt, den reinen Evangelienglauben zu gebären. Doch an seiner statt entstanden aus der Vermischung mit den Kultreligionen der Römer und Griechen dogmatische und mythologische Kirchen.

Mit gewaltigen Worten hat Constantin Brunner, der Philosoph, von Kirchen, Konfessionen, Gemeinden und Völkern Christus zurückgefordert. Doch es genügt nicht, dass er freigegeben werde von denen, die sich nicht von ihm haben verwandeln lassen, sondern ihn verwandelt haben, er muss aufgenommen werden von denen, die ihn verleugnen.

Kein anderer Glaube hat Raum für die Verkündung Jesu, als der Geistesglaube, in dem er selbst mit seinen Jüngern lebte, lehrte und starb. Dieser Glaube aber hat Raum für ihn, weil er frei ist und daher ewig prophetisch bleibt, er kann nie begrenzt und keiner Wahrheit verschlossen werden.

Zweitausend Jahre wurde den Juden mit der einen Faust das Schwert, mit der anderen der Crucifirus entgegengehalten, das Fleisch von ihrem Fleisch, der Geist von ihrem Geist, entfremdet, kanonisiert, in Blut und Rache getaucht. War es falsche Scham, dass sie sich verhärtet abwandten und in dem fremden Götterbilde nicht den erkennen wollten, der zu den Söhnen Israels gesandt war-?

Seine Liebesbotschaft und Himmelskunde können sie nicht verleugnen, und es verschlägt wenig, wenn heute noch einige sagen, sie könnten sie auch aus dem Alten Testamente lesen. Enthält doch die Illias alles, was man daraus lesen will: und das gewaltige Buch der Menschheit sollte nicht alles enthalten? Doch hierauf allein kommt es an: Was in den Propheten im Vordergrunde steht, das steht in den Evangelien im Hintergrunde, und was in den Propheten im Hintergrunde steht, das steht in den Evangelien im Vordergrunde und über den Zenit gebreitet.

Um zweitausend Jahre ist Geist des Judentums der Welt voraus, denn so lange hat es die Begriffe der Volksgebundenheit, des Staates, der Kirche, des Dogmas und Mythos von sich abgetan. Romantiker und Reaktionäre sind die, die in zionistischer Bindung diesen Geist in die Jahrhunderte Davids und Esras zurückdrängen. Zweitausend Jahre ist der Geist des Judentums hinter der Welt zurück, denn er hat noch nicht begonnen, seine eigene Verkündigung zu erfassen.

Wenn aber dereinst Christus wiederkehrt, aus den Höhen des klassischen und gotischen Olymps auf den Boden, der heute die gemeinsame Heimat deutschen und jüdischen

Geistes ist, nicht den Boden Galiläas sondern Germaniens, wenn er erscheint, nicht als Richter der Lebenden und Toten, sondern als Menschensohn und Gotteskind, so haben die drei Kirchen ein Ende und an der Stelle der Konfessionen herrscht unter den Menschen wieder ein Glaube. Hat das Judentum aber noch eine Mission auf der Erde, so ist es diese: kraft seiner Unberührtheit seine eigene evangelische Verkündung zu begreifen und zu erfüllen, die bis auf diese Tage aufgespart, nicht mehr durch die Übergewalt eines imperialen und gotischen Heidentums gefährdet ist.

Bis dahin mag jeder seiner Kirche geben, was der Kirche ist, und dies wird auch, unabhängig von preußischer Reaktion und Revolution dem Angeklagten obliegen, zu dem wir nach dieser, den Gegenstand überschreitenden Betrachtung zurückkehren.

5. „Ich bin ein Feind des Mittelstandes."

Dieser Vorwurf zeigt die Handschrift meiner verbandsmäßig organisierten, agitatorisch finanzierten Gegner, die keineswegs dem Mittelstande angehören, vielmehr ihn als Sturmbock gegen die gefürchtete Gemeinwirtschaft verwenden, als deren Vertreter sie mich bekämpfen.

Seltsam und dennoch sehr verständlich ist dies: Den Vorwurf der Mittelstandsfeindschaft ließ man gegenüber der Gemeinwirtschaft selbst sofort fallen – als diese nämlich von der Sozialdemokratie aufgenommen wurde, die man solcher Art nicht zu verdächtigen wagte; gegen mich dagegen, den „Kapitalisten und Unternehmer" konnte er aufrechterhalten bleiben, obgleich alle Beweisgründe nicht aus der Eigenart meiner Schriften, sondern aus dem vorgeblichen Wesen der Gemeinwirtschaft selbst gezogen wurden.

In meinen Schriften ist immer wieder der Mittelstand als Quelle der deutschen bürgerlichen Bildung und Intelligenz gewürdigt und seine Erhaltung und Stärkung gefordert worden. Nicht eine Zeile, nicht ein Wort tut ihm

Abbruch, und niemals hat irgendeiner der täglich lärmenden Agitatoren versucht, auch nur eine meiner Äußerungen anzuführen, die als mittelstandsfeindlich gedeutet werden konnte. Ein Zeichen, wie mühelos in Deutschland das Geschäft des politischen Kampfes ist: es beruht lediglich auf Umsatz von Worten. Kein Hörer verlangt authentische Beweise, und kein Agitator kommt auf den Gedanken, dass sie verlangt werden könnten; wenn jemand anregte, es möchte wenigstens einer aus der Versammlung, sei es der Referent, sei es ein Zwischenredner das Buch lesen, das kritisiert und verurteilt wird, so würde man das als unsachliche Verschleppung betrachten.

Wenn ich gelegentlich einen Agitator zur Rede stellte, bekam ich die Antwort: Sie sollen sich unfreundlich über die Zigarrengeschäfte und über die Handlungsreisenden ausgesprochen haben. Allerdings habe ich gesagt, zehntausend Zigarrenverkäufer seien zu viel für Berlin und dreihunderttausend Handlungsreisende seien zu viel für Deutschland, auch habe ich mancherlei über Schundproduktion, Ausartung des Reklamewesens und Reform des Handels gesagt. Wenn das Mittelstandsfeindschaft ist, so ist es Kunstfeindschaft, wenn jemand das Ausstellungswesen tadelt, Kulturfeindschaft, wenn jemand gegen den lateinischen Aufsatz Bedenken hat, Religionsfeindschaft, wenn jemand die kirchenfreie Schule verlangt.

6. „Ich bin der Urheber der Zwangswirtschaft. Ich bin schuld an den Kriegsbereicherungen, am verfehlten System der Lebensmittelverteilung, an Teuerung, Schiebung, Demoralisierung der Kriegswirtschaft. Ich habe die Kriegsgesellschaften gegründet und Aussaugung, Pfründnertum und Drückebergerei gefördert."

Ich habe unsere Rohstoffwirtschaft geordnet, weil ich den Zusammenbruch unseres Landes verhindern wollte, weil ich hoffte, dass nach der Herstellung des Gleichgewichts Besinnung kommen würde. Wir waren blockiert, wir hatten nur wenig Rohstoffe im Lande, Salpeter kaum für sechs Monate, Kupfer, Wolle, Gummi, Jute, Zinn und viele andere bei sparsamstem Verbrauch kaum für ein Jahr. Nur Zwangswirtschaft, nach vollkommen neuen Grundsätzen, konnte uns retten, nur neugeschaffene Organe, Kriegsrohstoffgesellschaften nannte ich sie, konnten den gewaltigen Verbrauch ordnen. Die Rohstoffwirtschaft war die einzige Organisation dieses Umfangs, die nicht versagte. Selbst die von ihr schwer betroffenen Produzenten haben sie anerkannt. Ein ernster Gegenvorschlag ist nie gemacht worden. Wenn man von den Mängeln der Zwangswirtschaft spricht, so denkt aber ein jeder nicht an die Rohstoffversorgung, sondern an die Lebensmittelversorgung, wenn von Kriegsgesellschaften die Rede ist, so meint man die Nahrungsmittelgesellschaften. Diese Verwechselung machen sich meine Gegner zunutze.

Niemals habe ich mit den Lebensmittelorganisationen und ihren Kriegsgesellschaften das mindeste zu tun gehabt. In den ersten Kriegswochen schlug ich dem Kriegsminister vor, die Lebensmittelfrage zugleich mit den Rohstoffen rechtzeitig und im ganzen Umfang zu regeln; ich dachte dabei an ein erheblich freieres System, das vor allem die Produktion heben sollte. Er lehnte ab, und dabei blieb es. Die Lebensmittelversorgung wurde von anderen Reichsämtern in die Hand genommen, verspätet, zersplittert, nach mechanischen und bürokratischen Grundsätzen; deshalb hat sie versagt.

Niemals habe ich mit dem Auftrags-, Bestellungs-, Einkaufs- und Beschaffungswesen der Kriegsbehörden das mindeste zu tun gehabt. Durch meine Hand ist kein Pfennig Geld geflossen, auf Preisgestaltung der Produktion, auf Schiebungen und Auswüchse des Handels hatte ich in der Beschränkung meiner Amtsstelle nicht den geringsten

Einfluss. Ein einziges Mal gelang es mir, darüber hinauszugreifen: ich erzwang, um die Spekulation einzudämmen, allen Widerständen zum Trotz Höchstpreise für Metalle und Textilien.

Ebenso wenig hatte ich mit dem Abbau belgischer und französischer Fabriken zu tun, ebenso wenig mit dem Abtransport belgischer Arbeiter, ebenso wenig mit dem sogenannten Hindenburgprogramm. Alle diese Dinge, die von, verschiedenen amtlichen Stellen ausgingen, geschahen lange nach meinem Ausscheiden aus dem Ministerium, dem ich acht Monate, bis zum 31. März, 1915, angehörte.

Es ist eine demagogische Finte, um den Begriff der Gemeinwirtschaft zu entkräften, sie mit der Zwangswirtschaft des Krieges, womöglich mit der Lebensmittelwirtschaft in Verbindung zu bringen und Verwechselungen hervorzurufen. Gemeinwirtschaft beruht auf organischer Regelung der Erzeugung, sie ist Selbstverwaltung, nicht Zwang; die Zwangswirtschaft des Krieges, vor allem die verfehlte Ernährungswirtschaft, ist nicht Gemeinwirtschaft, sondern Notstandseinrichtung eines belagerten Landes

7. Einen letzten, doppelten Vorwurf will ich erwähnen, der nicht von meinen Gewohnheitsgegnern stammt, die mir durch die lange Zeit und ihren großen Eifer schon eine Art von Reisebegleitern geworden sind, sondern von Gelegenheitsgegnern, die es zum Teil nicht einmal schlecht meinen.

Sie sagen: „Mag sein, dass er im Kriege und zuvor aufrecht, ja revolutionär gewesen ist; zweimal hat er versagt. Einmal, als er sich der Rohstoffwirtschaft hingab, die den Krieg verlängerte, zum zweiten Mal, als er beim ersten Waffenstillstandsangebot zum Widerstand aufrief." Der Mensch hat kein Recht, Schicksal zu spielen. Wehe dem, der einen Ertrinkenden verlässt und selbstgerecht sagt: es ist diesem Menschen besser zu sterben, und uns ist geholfen. Noch zwei Tage vor Kriegsausbruch, im Augenblick der blindesten Leidenschaft, hatte ich gewarnt, und war dafür von gewohnten und Gelegenheitsgegnern verhöhnt und beschimpft worden; ich wusste, der Krieg kann nicht glücklich enden, aber ich hoffte auf Besinnung, und wollte nicht, da ich unsere Feinde konnte, dass wir zusammenbrachen, bevor die Besinnung kam. Deshalb brachte ich die Rohstoffwirtschaft in Ordnung, verließ das Amt, sobald es geschehen war und kämpfte gegen Kriegsverlängerung, Annerionismus, Verfeindung mit Amerika mit allen Mitteln, die mir zu Gebote standen. Ich will nicht verhehlen, dass ich in langen Nächten mit dem Zweifel gekämpft habe, ob ich recht getan hatte: doch immer wieder kam ich zum Schluss, es ging nicht anders, und im gleichen Falle handelte ich so wieder.

Als der Zusammenbruch kam, wusste ich und sprach es aus, dass der Feind uns in langen Verhandlungen wehrlos machen und vernichten würde. Ich hielt ein formalistisches Verhandeln um Waffenstillstand für töricht und verlangte Verhandlung in Waffen und Verhandlung um Frieden. Das war, wie jeder Verständige einsah, nicht die levée en masse, sondern die Liquidation anstelle des Bankrotts. Denn damals waren wir noch furchtbar, sechs Millionen standen im Feld und der Feind glaubte nicht an unsere Auflösung. Nicht einen Kampftag hat die militärische Verhandlung erspart, siebenundvierzig Tage wurde weitergekämpft; in dieser Zeit hätten wir den Vorfrieden gehabt, und heute wären wir eine große und geachtete Nation. Es mag Menschen geben, denen es gefällt, „an den rauchenden Trümmern des Landes sich die Hände zu wärmen"; vor denen habe ich mich nicht zu rechtfertigen.

Betrachte ich alles, was gegen mich vorgebracht wird, mit einem Blick, so sage ich mir, es ist nicht wenig, und wenn es wahr wäre, genug, um eine Lebensarbeit zu gefährden.

Es wird ja manches gegen manchen vorgebracht, der vorgerückter auf der Bühne des öffentlichen Interesses steht, der enger mit der handelnden Verantwortung verknüpft ist, und dennoch ist der kritische und agitatorische Betrieb nicht von ferne so ausgebreitet und so leidenschaftlich wie in meinem Falle.- Ich unterschätze die propagandistische Kraft der Interessengruppen nicht, die gegen mein Schrifttum arbeiten, doch eigentlich müsste die Wirkung eine andere sein. Wenn es mit rechten Dingen zuginge, so müsste der Leser schließlich sagen: „Genug! es ist ohnehin kein Vergnügen, abstrakte Dinge zu lesen; da wir nun wissen, dass diese töricht und falsch sind, so lassen wir den Autor und seine Schriften laufen. Schluss! sein Name werde nicht mehr genannt, er schreibe, so viel er will. Seine Arbeit in der Industrie macht seine Schriften nicht interessanter, wir wissen nun zur Genüge, was ein Mann der AEG denkt, und damit basta."

Das wäre natürlich, doch das geschieht nicht. Es ist eine Mode, meine Schriften zu lesen – ich spreche das ruhig aus, mag es vom publizistischen Standpunkt so töricht sein wie es will –, und es ist eine Mode, noch mehr davon zu reden als zu lesen. Zu reden, mit dem leichten Unterton: nun, wir wissen Bescheid; ja, ja, man kennt ihn – wobei es der eine dem anderen überlässt, wovon er Bescheid weiß, und was er kennt.

Es macht mir keine Sorge. Denn während dies in Kaffeehäusern, Börsen und Wandelgängen geschieht, wächst in der Stille und in der Ferne der sachliche Anteil an meinen älteren und schwereren Hauptarbeiten.

Eine Pflicht aber erwächst mir. Ich habe über alles das hinauszugehen, was eine geschriebene und gesprochene Tageskritik an mir ausstellt, und Worte dem zu leihen, was unbewusst, jedenfalls unausgesprochen im Gefühl des normalen Lesers gegen mich lebendig sein könnte.

Vor Jahren, in einer Stunde des Bekenntnisses, habe ich eine kleine Zahl von Freunden an das platonische Gleichnis vom Wagenlenker erinnert, der seine beiden eigenwilligen Gäule in scharfer Fahrt zusammenreißt und bändigt. Die beiden Gäule heißen in meinem Falle Wille und Betrachtung, und ich weiß davon zu sagen, dass der Kampf hart ist und bis an die Grenze der Zerstörung eines Lebens geht.

Dies ist aber für den Deutschen, wenn er den Vorgang ahnt, ein widerwärtiges Bild. Denn bei aller Geduld und Zähigkeit ist sein Willenscharakter schwach, er liebt sein Gegenbild, den Willensmenschen, mit Grauen. Seine Betrachtung aber – ich rede nicht von Forschung, die ein Geduldspiel ist – ist zart und dem Leben abgewandt; wenn die Natur sich der Idee verweigert, so schließt er die Augen und versinkt in Träume. Deshalb will er den Betrachtenden in dämmernder Stimmung, er soll nicht in das Licht des Tages treten. Das Maß von allgemeinen Gefühlssentenzen, das wir ertragen können, mögen sie sich und der Natur beliebig widersprechen, ist ungeheuer. Hellas und Galiläa sind im Grunde uns fremd geblieben, Plato marmorkühl, Spinoza unheimlich und Goethes Prosa ungemütlich. Eine Erscheinung, mag sie über oder unter dem Mittelmaß stehen, wird verdächtig, wenn sie sich zu nahe dem Abgrund bewegt, der die Welten der Idee und der Wirklichkeit scheidet. Verstanden wird der Interessent, der sich um den Geist nicht kümmert. Verstanden wird der Gelehrte, der die jeweils herrschenden Mächte in ein System bringt und rechtfertigt.

Verstanden wird der Romantiker, der irgendeine Vergangenheit preist, obwohl er bewusst weiß, dass sie nicht wiederkehren wird, und unbewusst weiß, dass sie nicht wiederkehren darf. Verstanden, obwohl mit Abneigung, wird der Nationalist, der eine ethische Forderung in die

Mitte stellt, und die Welt in sein Glück peinigt. Abgelehnt wird der Mensch, der das Bild der Welt und der Idee in sich stark werden lässt, und unbefangen ausspricht, was nach seinem Erleben ist, und was wird.

Etwas anderes habe ich nicht getan, und es steht mir nicht zu, den Wert oder Unwert dieses Tuns zu ermessen. Gutgläubig und wunschlos ist es gewesen, und getreu den Gesetzen meiner Natur. Was ich als werdend erlebte, hat sich ereignet, und ereignet sich weiter. Was ich als seiend erlebte, bedarf für meinen Glauben der Bestätigung des Werdenden nicht. Hatten meine Worte Glauben bei anderen gefunden, so lebten wir in einer anderen Welt.

Sie konnten keinen Glauben finden: eben weil unser Willenscharakter schwach ist, eben weil es zwischen Idee und Realität für uns keine Brücke gibt. Deutschland hat im Kriege mehr als je zuvor die Realitäten der Welt, vor allem seine eigenen, falsch gesehen, es hat Ideen erzeugt, die haltlos waren, weil sie weder auf die eigenen, noch auf die Tatsachen der Welt Rücksicht nehmen, und weil sie niedere Ideen waren aus der Sphäre der Wünsche. Weil endlich der Willenscharakter überspannt und nicht aus der Seele des Volkes genährt wurde: daher der Jammer des 5. Oktober.

Was ich dem Volk an Gedanken bot, mag es bescheiden oder gering sein, warb nicht um Dank, doch es verdiente weder Hohn noch Hass, und dass ich zu einer Rechtfertigung gezwungen werde, ist ein Unrecht der Zeit gegen mich.

Ein Großer, mit dem ich mich nicht vergleiche, wurde zu einer Rechtfertigung gezwungen, die in Platos Niederschrift die Jahrtausende überdauert; doch wie das Größte sich im Kleinsten spiegelt, so werde ich in dieser meiner Schrift, die für wenige deutsche Zeitgenossen bestimmt ist, an die Worte erinnert, mit denen Sokrates, verurteilt, sein Strafmaß beantragte. Als Ausdruck der Tatsache, dass

Klage und Verteidigung ihre Plätze gewechselt hatten, verlangte er die Bürgerehrung der Speisung im Piytaneion.

An diese Forderung werde ich aus umgekehrtem Anlass erinnert: denn mir hat durch seine berufenen Vertreter das deutsche Volk die Bürgerehrung erwiesen, die es für angemessen hielt, und die dem Gedächtnis erhalten bleiben soll.

Am Tage der Wahl des Reichspräsidenten war von Auslandsdeutschen ein gutgemeintes, doch unbedachtes und höchst abwegiges Telegramm in Weimar eingelaufen, das mit dem feierlichen Vorgang meinen Namen in ungereimte Verbindung brachte.

Es wäre leicht gewesen, diese Äußerung, wie es täglich mit vielen anderen geschieht, beiseite zu legen. Sie wurde verlesen.

Das Parlament eines anderen Kulturstaates hätte aus Achtung für jeden beliebigen Vertreter geistiger Arbeit es angemessen erachtet, die abgeschmackte Verlesung einer abgeschmackten Kundgebung zu überhören oder stillschweigend zu erledigen.

Das Erste deutsche republikanische Parlament, das bestimmt war, sein Siegel unter die deutsche Schmach zu setzen, zur Sitzung vereint in dunkelster Zeit, in feierlichster Stunde, schüttete sich aus vor Lachen. Minutenlange Heiterkeit verzeichnen die Blätter, und Augenzeugen erzählen, dass Männlein und Weiblein zum Gruß an einen Deutschen, dessen geistige Arbeit sie kannten oder nicht kannten, sich beseligt auf ihren Sitzen kugelten.

Als ich es las, war ich erstaunt, doch nicht um meinetwillen betrübt. Ich musste an das sardonische Gelächter des Unheils in der Burg von Ithaka denken, wie es Homer beschreibt.

Mit dieser Bürgerehrung mag es sein Bewenden haben.

Erinnerungen

1908

... Und ein drittes gewichtiges Moment tritt hinzu, das wir uns in der Heimat nicht immer vergegenwärtigen: die Beurteilung Deutschlands, wie es sich dem Außenstehenden darstellt. Man blickt von außen in den Völkerkessel des Kontinents und gewahrt, von stockenden Nationen eingeschlossen, ein Volk von rastloser Tätigkeit und enormer physischer Ausdehnungskraft. Achthunderttausend neue Deutsche jährlich! Jedes Jahrfünft eine zusätzliche Bevölkerung nahezu gleich der von Skandinavien oder der Schweiz! Und man fragt sich, wie lange das blutarme Frankreich dem Atmosphärendruck dieser Bevölkerung standhalten könne.

So verkörpert und verörtlicht sich jede englische Unzufriedenheit – und es gibt deren genug seit dem letzten Kriege – im Begriffe Deutschland. Und was bei den Gebildeten als erwogene Überzeugung auftritt, das äußert sich beim Volke, bei der Jugend, in der Provinz als Vorurteil, als Hass und Phantasterei in einem Umfange, der weit über das Maß unserer journalistischen Wahrnehmungsfähigkeit hinausgeht.

Es wäre schwächlich und oberflächlich, wollte man glauben, dass keine Freundlichkeiten, Deputationsbesuche oder Pressmanöver Unzufriedenheiten stillen können, die aus so tiefen Quellen fließen. Nur unsere Gesamtpolitik ist imstande, England wenigstens diesen Eindruck zu verschaffen, dass von Deutschlands Seite aus keine Verstimmung, keine Furcht, kein Expansionsbedürfnis und keine Offensive besteht. Die Massen werden hierdurch nicht überzeugt, wohl aber die Regierungen im Bewusstsein ihrer Verantwortung erhalten werden.

Denkschrift an den Reichskanzler, Gesammelte Schriften Band I

1911

... Regieren ist heute nicht mehr dasselbe, was es vor hundert Jahren war. Es ist nicht mehr patriarchisches Verwalten anvertrauter Menschen und Dinge. Regieren heißt heute: führen und Initiative ergreifen; diese Initiative muss ethisch und ideell, sie muss aber auch geschäftlich sein.

Gleichzeitig ist die Kriegführung zur Technik geworden. Sie beruht nicht mehr allein auf Mannszucht und Bravour; Erfindungsgabe und Initiative geben den Siegen der neueren Zeit eine intellektuelle Färbung.

Die bewährten Stärken unserer beiden regierenden Kasten, des erblichen Beamtentums und des Adels, sind Treue, Zucht und Überlieferung. Ob diese Geschlechter auf der ganzen Linie einzuschwenken und den neuen Aufgaben gegenüber Front zu machen vermögen, ist mehr als zweifelhaft, denn Überlieferung und Neuerung schließen bis zu einem gewissen Grade einander aus. Bei Aufgaben vorwiegend geschäftlichen Charakters, welche aus kolonialen, auswärtigen und finanziellen Problemen sich ergeben, hat die preußische Verwaltungstradition schon mehrfach versagt.

Ein Volk von fünfundsechzig Millionen Menschen kann verlangen, dass die führenden Stellen im Staatswesen von allererstem Talenten, die verantwortlichen Stellen von befähigten Spezialisten besetzt werden Tausend herrschende

Familien können selbst bei hoher und spezialisierter Begabung weder an Zahl, noch an Beschaffenheit den gewaltig gesteigerten Verbrauch an Verwaltungskräften decken. Kein gerecht denkender Mensch wird diesen Familien ihre Verdienste zu schmälern, ihre entschiedene Mitwirkung bei den höchsten Staatsaufgaben zu beseitigen wünschen. Wollen sie aber dauernd die Staatsmaschine monopolisieren, so werden die Verhältnisse sich stärker erweisen und diejenigen Abhilfen eintreten lassen, die den widerspenstigen Konservativismus Preußens schon mehrmals, wenn auch in hartem Anstoß, zurechtgerückt haben, und die man demgemäß sehr wohl als Fügungen bezeichnen durfte.

Ich kämpfte gegen das Unrecht, das in Deutschland geschieht, denn ich sehe Schatten aufsteigen, wohin ich mich wende. Ich sehe sie, wenn ich abends durch die gellenden Straßen von Berlingehe; wenn ich die Insolenz unseres wahnsinnig gewordenen Reichtums erblicke; wenn ich die Richtigkeit kraftstrotzender Worte vornehme oder von pseudogermanischer Ausschließlichkeit berichten höre, die vor Zeitungsartikeln und Hofdamenbemerkungen zusammenzuckt. Eine Zeit ist nicht deshalb sorgenlos, weil der Leutnant strahlt und der Attaché voll Hoffnung ist. Seit Jahrzehnten hat Deutschland keine ernstere Periode durchlebt als diese; das stärkste aber, was in solchen Zeitengeschehen kann, ist: das Unrecht abtun.

Staat und Judentum, Gesammelte Schriften Band I

1912

England, das klügste und wahrhaft politische Volk der Erde, versteht die Lage vollkommen. England hasst uns eigentlich nicht, aber es empfindet unseren Aufstieg als eine vierfache Gefahr. Denn erstens fühlt es sich technisch-industriell überflügelt; so zweitens glaubt es sich verpflichtet, gegen jede sich entwickelnde kontinentale Vormacht einzuschreiten; drittens wird sein koloniales Gebäude innerlich erschüttert, wenn die Alleinherrschaft zur See den Wert des geschichtlichen Dogmas verliert; viertens wird das Wettrüsten zu kostspielig und bei stetig wechselnder Technik im Erfolge ungewiss.

Der Krieg, den England zu führen hatte, wäre somit ein Präventivkrieg, eine Kategorie, die Bismarck ablehnte.

Endete der Krieg mit einer entschiedenen Niederlage Deutschlands, so hätte England eine Reihe von Jahren Ruhe. Die inneren Ursachen der englischen Besorgnis wären jedoch nicht endgültig beseitigt, denn sie liegen nicht in der Politik, sondern in den Kräften des deutschen Volkes begründet. Kriege würden daher so lange sich periodisch wiederholen, bis der Weg der Weltentwicklung diese Rivalität erledigte.

Jeder andere Ausgang des Krieges kann außer Betracht bleiben. Wie er aber auch fiele: immer läge der Hauptvorteil auf der Seite der Vereinigten Staaten, und die amerikanische Wirtschaftsfrage käme in ein so verändertes Stadium, dass möglicherweise alle anderen Ergebnisse sich ihr unterordneten. Es ist nicht unwahrscheinlich, dass solche Argumente jetzt, in diesem Augenblick, mit höchster Klarheit und Unerschrockenheit in London erwogen werden. Und es ist menschlich bedeutungsvoll, wie ein edles Volk, in eine ihm fremde Rolle gepresst, mit seinen Empfindungen kämpft. Denn England ist seit zwei Jahrhunderten gewohnt gewesen, jede Frage vor seinen kurulischen Stuhl hintreten zu lassen und gemächlich zu entscheiden. In seinen Räumen ist viel diktiert und geordnet, viel gefordert, manchmal gedroht, selten angeboten und niemals gebeten worden. Unerhörtes hat man in Beratungen und Kongressen erreicht, häufig zugegriffen, wo es zu okkupieren gab, vorbereitete Eingeborenenkriege mit Entschlossenheit begonnen und beendet: eine Politik der Phantastik, der Leidenschaft, des Abenteuers und der Verzweiflung war der Dogenweisheit dieses Landes fremd. Nun vernimmt man schon unenglisch heiße Zeitungsrufe die zwiespältige Regierung war im Herbst dem Wagnis nahe, und nur der mächtige Eitybürger und Gentrymann bewahrt seine hundertjährige Gelassenheit.

Ein einzigartiger englischer Zug: als politischer Herold erscheint vor Beginn des Kampfspieles der Freund des Premiers, Lord Haldane, in Berlin, Krieg und Frieden in den Falten seines Überrockes tragend. Und bald nach seiner Heimkehr bietet nochmals, zum letzten- und zum allerletzten Mal, in öffentlicher Rede der Seeminister die Treuga Dei, den Gottesfrieden, quartalsweise mit gesetzlicher Kündigung aus.

Es wäre eine törichte Verkennung, in diesen fast ländlich einfachen Mitteln Tücke oder Windbeutelei zu suchen. Der Englischmann ist klug, aber nicht fein; er hält nicht gerade jedes Versprechen, aber er ist kein Schwindler. In keinem Lande ist die persönliche Lüge so verpönt wie dort; will der Engländer intrigieren, so bezahlt er mit schwerem Geld ein paar schwarze Halunken; sich selbst zu prostituieren, ist er zu stolz, zu reich und zu fromm.

England und wir, Gesammelte Schriften Band I

Es ist leicht zu verstehen, dass Preußen selten und niemals freiwillig seine Grundsätze ändert. Die Vorzüglichkeit der Durchschnittsleistung ist Ursache dieser Beharrungslust. Es geht wie in einem ehrwürdigen Handelshause: Prinzipal und Angestellte tun vor Gott und Menschen ihre Pflicht, sind fleißiger und solider als die Konkurrenz, haben ihr gutes Auskommen und wollen nichts davon hören, dass durch die Welt ein frivoler Ruf geht, der Rohrzucker werde durch das elende Kunstprodukt der Rübe ersetzt.

Es kommt hinzu, dass in Deutschland seit fünfundzwanzig Jahren die Geschäfte gut gehen. Kein Mensch will beim Geldverdienen gestört sein; noch zehn Jahre, so ist er reich, so lange wird es halten, alles andere später. Politik? Mögen Fachleute und Arbeitslose sich drum kümmern, wenn nur die Konjunktur bestehen bleibt. Krieg? Wir haben vierzig Jahre Frieden gehabt und wollen keine Abenteuer. Verfassung? Diejenige ist die beste, welche die Geschäfte nicht gefährdet, gute Polizei übt, die Arbeiter im Zaum hält und wohlhabenden Bürgern verdiente Ehren zugänglich macht.

Kommt es einmal anders, verflauen die Geschäfte, wachsen die Lasten, treten politische Rückschläge ein, so wird auch in Preußen der Bürger kritisch, denn er steht auf der Seite des Erfolges. Heute fürchtet er Gott und den Sozialismus, über Nacht lernt er andere Ängste.

Nicht von der Arbeiterschaft drohen uns Gefahren, denn dem heutigen Sozialismus fehlt die Kraft positiver Ideen. Zwei andere Angriffskräfte werden die preußische Staatsauffassung erschüttern: Mangel an führenden Geistern und ungleiche Verteilung der Lasten; beide entspringend aus dem einstmals so bewährten Aristokratismus der Verwaltung. Die Zeitläufe ähneln in seltsamer Weise der Epoche Friedrich Wilhelms II. Möge es diesmal keiner schweren Erschütterungen bedürfen, um das innere Gleichgewicht herbeizuführen.

Politische Auslese Gesammelte Schriften, Band I

1913

Politik ohne Richtung und Ziel ist Opportunismus und Wurstelei; sie beschränkt sich auf eine verlegene Abwehr und unwilliges Abarbeiten der Tagesschwierigkeit; sie gleicht der planlosen Schachführung, die Figur um Figur, Stellung um Stellung opfern und schließlich in verzweifelter Lage unfreiwillig und verhängnisvoll handeln muss.

Die Erschütterungen, denen wir entgegengehen, wenn unsere ummauerte Wirtschaft ihre Einengung zu spüren beginnt, wenn die Willkür der Lastenverteilung empfunden wird, wenn die politische Kräfteverschiebung die Handlungsinitiative und die Zeitwahl unsern Gegnern überliefert hat, diese Erschütterungen werden die öffentliche Fragestellung, die heute eine überwiegend ökonomische ist, wiederum zur politischen gestalten. Es wird die Wahrheit wiederum zutage treten, dass es die höchste und reinste Aufgabe des Machthabers ist, ein rohes Volk gebildet, ein gebildetes Volk mündig zu machen, und ein neues Steinhardenbergsches Zeitalter wird diese Wahrheit verwirklichen.

Parlamentarismus Gesammelte Schriften, Band I

Nicht um Geld und Rüstungen war und ist es zu tun, wenn ein Schicksal abgewendet werden soll. Materielle Kräfte rufen Gegenkräfte wach; die übertriebene Emphase und Schroffheit des neuen Mittels hat wie ein Blitzschlag die Vogesen durchwittert, und das geängstete Nachbarvolk drängt sich in Ketten, die ihm die geschwächten Glieder zerschneiden. Wird die Verlängerung der Dienstzeit ins Frankreich ausnahmslos Gesetz, seist der Krieg besiegelt, und zwar als ein Werkzeug in den Händen Englands, das ihn nicht heute und nicht morgen, doch zu dem Zeitpunkt entfesselt, der ihm gefällt. Die doppelte Spannung, die, gefährlicher als ausgesprochen, zwischen England und uns, ausgesprochener als gefährlich zwischen Frankreich und uns bestand, gewinnt jetzt ihre volle Explosionskraft, verschärft durch Russlands Empfindlichkeit, das die Milliardensaat im Festungsgürtel längs seiner Grenzen aufsprießen sieht. Durch jenes Eumenidenopfer, das uns verkündet wird nach dem Gesetz hundertjähriger Wiederkehr, wird nicht ein Schicksal gewendet, sondern beschleunigt.

Vielleicht wäre es noch nicht zu spät, die wahren Lehren jener großen Epoche zu befolgen und das Unrecht abzutun. Das reifste Unrecht unserer Zeit aber besteht darin, dass das fähigste Wirtschaftsvolk der Erde, das Volk der stärksten Gedanken und der gewaltigsten Organisationskraft, nicht zugelassen wird zur Regelung und Verantwortung seiner Geschicke.

Rückhaltlos muss es ausgesprochen werden: am Unrecht ist niemand so schuldig wie das Volk selbst, das aus Indolenz und Geschäftslust gramloses duldet; aber geduldetes Unrecht wird nicht zum Recht und verkannte Gefahr nicht zur Posse. Von Unrecht und Gefahr aber kauft kein Opfer uns los.

Völkerkriege und Schicksale werden nicht vom Willen geschaffen; sie entspringen Naturgesetzen, die in den Kontrasten des Bevölkerungsdruckes, der Aktivität, des Physikums ihren Ausdruck finden. Doch über den mechanischen Schicksalsgesetzen stehen die ethischen und transzendenten. Wenn innere Kräfte stocken, wenn Formeln, Sitten und Gedanken sich überleben, so ergreift ein äußeres Geschick das Wort und die Führung. Nicht äußere Verhältnisse und politische Konstellationen, sondern innere Gesetze, sittliche und transzendente. Notwendigkeiten führen mit Gewalt unser Schicksal herbei. Unser zähes Volk ist mit dem gleichen Mittel erzogen worden, mit dem es seine Kinder zu erziehen liebt, mit Schlägen. Früher hat der Trotz der Herrschenden die Schicksalsschläge herbeigezogen, nun gesellt sich zu diesem Trotz die Indolenz des Landes, das nicht um seine Verantwortungen kämpfen will und daher um seine Sicherheit wird kämpfen müssen.

Tritt aber die Schicksalsstunde heran, so wird man begreifen, dass alle Unternehmung ein Spiel der Winde bleibt, wenn sie nicht in der Tiefe auf doppelt gefestigtem Fundament beruht: auf starker Politik und gerechter Verfassung. Die Leidenschaft, die heute den Interessen des materiellen Lebens frönt, wird dann der Sorge um die Dinge der Gemeinschaft und des Staates weichen, und zugleich mit der Erschütterung des überreichen Gebäudes unserer Wirtschaft werden morsche Rechte und Mächte dahinsinken. In einer Stunde stürzt, was auf Aonen gesichert galt; was heut vermessene Forderung scheint, wird selbstverständliche Voraussetzung.

Das Eumenidenopfer, Gesammelte Schriften, Band I

Eine Frage, wie etwa die, ob österreichische Kommissare bei den serbischen Umtriebsermittlungen mitzuwirken haben, ist kein Anlass für einen Völkerkrieg. Die Politik Metternichs, in allen erreichbaren Staaten Überwachungskommissionen unter österreichischer Führung gegen Umtriebsgefahr einzusetzen, gehört der Vergangenheit an und kann auch in der Monarchie nicht mehr beliebt werden.

Ein Wort zur Lage, Berliner Tageblatt, 31. Juli 1914,
Gesammelte Schriften, Band I

1916

Heute sind es zwei Jahre, dass ich von der Denkweise meines Volkes mich schmerzlich getrennt fühle, soweit sie den Krieg als ein erlösendes Ereignis wettet. Den Stolz des Opfers und der Kraft durfte ich teilen; doch dieser Taumel erschien mir als ein Fest des Todes, als die Eingangssymphonie eines Verhängnisses, das ich dunkel und furchtbar, doch niemals jauchzend und umso furchtbarer geahnt hatte. Und während der Siegeszug über den Westenbrauste, die Türme von Paris sich zeigten, die zweite Siegeskrönung von Versailles erschimmerte, war mein Gedanke: Rettung aus Not, aus starrer Umklammerung, aus tödlicher Friedensfeindschaft....

Ich glaube nicht an unser Recht zur endgültigen Weltbestimmung – noch an irgend jemands Recht dazu – weil weder wir noch andere es verdient haben. Wir haben keinen Anspruch darauf, das Schicksal der Welt zu bestimmen, weil wir nicht gelernt haben, unser eigenes Schicksal zu bestimmen. Wir haben nicht das Recht, unser Denken und Fühlen den zivilisierten Nationen der Erde aufzuzwingen; denn welche auch ihre Schwächen sein mögen, eines haben wir noch nicht errungen: den Willen zu eigener Verantwortung....

Wir sind ein Geschlecht des Übergangs, ein heimgesuchtes, zum Düngen bestimmt, der Ernte nicht würdig.

Von kommenden Dingen, Gesammelte Schriften, Band III

1917

Abgesehen von den Wirkungen langdauernder Verfeindungen werden die Ergebnisse des Krieges vorwiegend das innere Leben der Nationen betreffen und in langsamer Erkenntnis die Tatsache verdeutlichen, dass das große Ereignis unter der Form eines nationalistischen Bürgerkrieges der Europäer eine Umwälzung vorwiegend sozialpolitischer Art gewesen ist. Ihre politischen Wirkungen werden für die Obrigkeitsstaaten demokratisierender Art sein, ihre sozialen Wirkungen werden auf dem Wege über eine neue Wirtschaftsordnung allmählich zu einer neuen Ordnung der gesellschaftlichen Schlichtung führen.

Die Nationen glauben, um Herrschaft und Dasein zu ringen, und kämpfen einen Kampf, dessen Entstehung niemand begreift, dessen Ziele nachträglich mit monatlichen Richtigstellungen gesucht werden müssen. In Wahrheit aber brennt die alte Wirtschaftsordnung nieder, und es naht die Zeit, wo der alte Unterbau der Gesellschaftsordnung sich entzündet...

Unfassbar paradox, unsagbar aller Prophezeiung widersprechend, und doch von zwingender Einfachheit ist es, dass Weltrevolution und Weltgericht in eines wuchsen: den Weltkrieg....

Langsam brennt der Brand zu Ende, aus dem kein Volk als das entsteigt, was es gewesen.... Noch immer werden Stimmen der Einzelnen, auch wohl der Mengen, sich erheben und wie zuvor die alten Nützlichkeiten und Vorteile-, Beschwerden und Ideale verfechten. Doch unbewusst und unbemerkt erhebt sich die Erkenntnis: was geschehen ist, das kann nicht mehr mit überkommenen Gewissen und Opfern gerechtfertigt und gesühnt werden. Dieses Gestirn, diese Menschheit hat zu tief gelitten und zu tief erlebt, als dass ein Inbegriff neuer Grenzlinien und Verfassungen, Gelder und Mächte die Seelen loskaufe, die Toten ehre, die Lebenden versöhne.

Die Neue Wirtschaft

Juli 1918

Es ist seltsam, wie wenig unsere Zeitgenossen begreifen, dass ein Zeitalter versunken ist und dass von dem Glanze jener Tage nichts wiederkehrt. So wie sie noch immer von Vierteljahr zu Vierteljahr das Ende des Kampfes voraussehen, so glauben sie und werden sie glauben, bis das neue Geschlecht sie ablöst, dass nach dem Frieden und einer kurzen Übergangszeit das wieder eintritt, was sie normale Verhältnisse nennen. Freilich werden die Schulden ein Kopfzerbrechen machen; so mag man eine Zeitlang sparsamer leben, und alles wird sich finden.

Nichts wird sich finden, alles muss neu geschaffen werden in eiserner Arbeit. Neu wird unsere Lebensweise, unsere Wirtschaft, unser Gesellschaftsbau und unsere Staatsform. Neu wird das Verhältnis der Staaten, der Weltverkehr und die Politik. Neu wird unsere Wissenschaft, ja selbst unsere Sprache....

Feinde, Menschen, Brüder höret! Es ist genug.

Ihr und wir, wir alle sind mit Blindheit und Wahnsinn geschlagen. Im blinden Wahnsinn haben wir eine Welt zertrümmert. Ihr und wir, wir haben nur einen Gedanken: leiden machen. Ihr und wir, wir jubeln, wenn Menschen brennend aus den Lüften stürzen, wenn Menschen in der See ersticken, wenn Menschen zerrissen und vergiftet sterben, wenn man sie in Gefangenschaft treibt. Wir lesen bei Mahlzeiten Dinge, von denen der tausendste Teil uns erstarren machen müsste. Sind wir noch Menschen?

Die vier göttlichen Elemente, Feuer und Luft, Wasser und Erde haben wir zu Werkzeugen des Todes gemacht, und das genügte nicht, Gift und Hunger holte man zu Hilfe. Aller menschliche Geist zählt und rechnet und grübelt: noch eine neue Streitmacht, noch eine neue Gewalt, noch eine neue Todesart.

Sieben Millionen sind tot. Sieben Millionen Mal in fünfzehnhundert Tagen hat der rasend gemachte, gehetzte Tod ein blühendes, hilfloses Menschenherz zerschnitten, und mit jedem Schnitt hat er ein zweites liebendes Herz getroffen. Ungezählt sind die Krüppel, die Blinden, die Wahnsinnigen und Gebrochenen; sie ziehen über die Erde und zeugen wider uns und euch. Die Kreuze auf den Feldern strecken ihre Arme aus, die gemordeten Wälder recken ihre verstümmelten Äste, die aussätzige Kruste der Erde, die zertrommelten Städte, sie blicken auf aus erloschenen Augen und zeugen wider uns und euch.

In Erdlöchern, in Schlamm und Wasser hocken seit vier Jahren unsere Brüder, schützen ihre armen Leiber gegen giftige Dünste, Eisensplitter und Bajonette und trachten nach dem Leben der anderen. Dem Leib der Erde und der Völker ist die Fruchtbarkeit unterbunden. Bleiche Kinder wachsen aus, bleiche Mütter arbeiten in Fabriken.

Der Wohlstand ist gebrochen, die friedlichen Gewerbe sind tot, die See ist verödet. Was noch geschaffen und geschleppt wird, sind Waffen. In den Städten aber rast der Tanz um das Kalb. Inmitten der Entbehrung prassen Bereicherte. Die Versuchung wächst, das Gewissen betäubt sich, die Sitte wankt.

Um die Erde kreist eine Gewalt des Hasses, wie der Planet sie niemals trug. Noch immer wächst sie, angefacht durch Rache, Verleumdung, Angst und Verblendung.

Und doch ist die Welt nicht böse und nicht schlecht; sie ist wahnsinnig und blind. Jeder glaubt, der andere wolle ihn vernichten, und solange jeder das vom anderen glaubt, bleibt allen nichts übrig, als zu kämpfen. Wollte aber jemand auch nur einen Tag länger den Kampf fortsetzen, als Unabhängigkeit, Unberührbarkeit und Lebensraum seines Landes fordern, so wäre er für sich allein, vor Gott und Menschen schuldig am Jammer der Millionen, und es wäre ihm besser, dass er nie geboren wäre.

Feinde, Brüder, es ist Zeit! Es ist sehr spät, und jede Minute tötet, und doch ist noch Zeit.

An Deutschlands Jugend

7. Oktober 1918

Der Schritt war übereilt.

Wir alle wollen Frieden. Wir, die wenigen, haben gemahnt und gewarnt, als keine Regierung daran dachte, der Wahrheit ins Auge zu blicken.

Nun hat man sich hinreißen lassen, im unreifen Augenblick, im unreifen Entschluss.

Nicht im weichen musste man Verhandlungen beginnen, sondern zuerst die Front befestigen.

Die Gegner mussten sehen, dass der neue Geist des Staates und Volkes auch den Geist und Willen der Kämpfenden kräftigt. Dann musste Wilson gefragt werden, was er unter den verfänglichsten seiner vierzehn Punkte versteht, vor allem über Elsaß-Lothringen, Polen und die Entschädigungen der westlichen Gebiete. Die verfrühte Bitte um Waffenstillstand war ein Fehler.

Die Antwort wird kommen. Sie wird unbefriedigend

sein; mehr als das: zurückweisend, demütigend, überfordernd. Wir dürfen uns nicht wundern, wenn man die sofortige Räumung des Westens, wo nicht gar einschließlich der Reichslande verlangt. Punkt acht wird auf Herausgabe zum mindesten Lothringens, vermutlich auch des Elsaß gedeutet. Als polnischer Hafen kann Danzig gemeint sein. Die Wiederherstellung Belgiens und Nordfrankreichs kann auf eine verhüllte Kriegsentschädigung in der Größenordnung von fünfzig Milliarden hinauslaufen.

Warum wird man Wilsons Forderungen ausdeutend übersteigern? Weil man unseren Willen für gebrochen hält.

Wir wollen alles Unrecht abtun, innen und außen; wir haben begonnen und werden fortfahren, doch wir wollen kein Unrecht leiden.

Mit der Festigung musste begonnen, mit dem Funkspruch geschlossen werden; das Umgekehrte ist geschehen und nicht mehr zu ändern; unser Wort müssen wir halten.

Kommt jedoch die unbefriedigende Antwort, die Antwort, die den Lebensraum uns kürzt, so müssen wir vorbereitet sein.[2] Einer erneuten Front werden andere Bedingungen geboten als einer ermüdeten.

Wir wollen nicht Krieg, sondern Frieden. Doch nicht den Frieden der Unterwerfung.

Vossische Zeitung vom 7. Oktober 1918,
abgedruckt in: „Nach der Flut"

---

2   Dass nichts von alledem geschah, dass man vielmehr darauf bestand, die Augen zu schließen und statt der Liquidation den Bankrott zu erklären, darf als die katastrophalste Dummheit aller geschichtlichen Zeiten bezeichnet werden. Man vergleiche die oben ausgesprochene Warnung mit dem Entschluss der Demokraten und Nationalisten, Widerstand zu leisten nach der Entwaffnung – im Juni.

1919

Was also geschehen soll?

In Versailles muss das Äußerste daran gesetzt werden, den Vertrag entscheidend zu verbessern. Gelingt es, gut. Dann unterschreiben. Gelingt es nicht: was dann?

Dann darf weder aktiver noch passiver Widerstand versucht werden. Dann hat der Unterhändler, Graf Brockdorff-Rantzau, das vollzogene Auflösungsdekret der Nationalversammlung, die Demission des Reichspräsidenten und aller Reichsminister den gegen uns vereinten Negierungen zu übergeben und sie aufzufordern, unverzüglich alle Souveränitätsrechte des Deutschen Reiches und die gesamte Regierungsgewalt zu übernehmen. Damit fällt die Verantwortung für den Frieden, für die Verwaltung und für alle Leistungen Deutschlands den Feinden zu; und sie haben vor der Welt, der Geschichte und vor ihren eigenen Völkern die Pflicht, für das Dasein von sechzig Millionen zu sorgen. Ein Fall ohnegleichen, unerhörter Sturz eines Staates; doch Wahrung der Ehrlichkeit und des Gewissens.

Für das Weitere sorgt das unveräußerliche Recht der Menschheit – und der klar vorauszusehende Gang der Ereignisse.

„Die Zukunft", 31. Mai 1919